最美的成长在路上

林念薇 / 著

北京理工大学出版社
BEIJING INSTITUTE OF TECHNOLOGY PRESS

图书在版编目（CIP）数据

最美的成长在路上 / 林念薇著. —北京：北京理工大学出版社，2015.8

ISBN 978-7-5682-0694-5

Ⅰ.①最… Ⅱ.①林… Ⅲ.①家庭教育 Ⅳ.①G78

中国版本图书馆CIP数据核字（2015）第121809号

出版发行 / 北京理工大学出版社有限责任公司

社　　址 / 北京市海淀区中关村南大街5号

邮　　编 / 100081

电　　话 / （010）68914775（总编室）

　　　　　　（010）82562903（教材售后服务热线）

　　　　　　（010）68948351（其他图书服务热线）

网　　址 / http://www.bitpress.com.cn

经　　销 / 全国各地新华书店

印　　刷 / 保定市中画美凯印刷有限公司

开　　本 / 880毫米 × 1230毫米　1/32

印　　张 / 9　　　　　　　　　　　　　　责任编辑 / 施胜娟

字　　数 / 230千字　　　　　　　　　　　文案编辑 / 施胜娟

版　　次 / 2015年8月第1版　2015年8月第1次印刷　责任校对 / 周瑞红

定　　价 / 39.80元　　　　　　　　　　　责任印制 / 马振武

序

和孩子一起成长

　　和很多新妈妈一样，当面临角色转换时我的心情比较复杂，有惊喜、紧张，还有失落、无奈，看着自己的女儿，心里满满都是这样一些困惑——有了米兜以后，要抽出更多的时间陪她，是不是很长一段时间就不能去旅游了？是不是不再有机会接触新鲜事物，渐渐被淘汰？是不是过起与世无争的生活，离朋友越来越远？是不是会丢掉自己的许多爱好和梦想……

　　这些困惑持续了很长一段时间，直到米兜爸爸鼓励我带着孩子走出家门。还未开始行动，我心里便虚构了各种各样的困难——孩子喝水、吃饭不方便，很可能会生病；我一个人精力有限，肯定会丢三落四；孩子闹情绪，也许会在公共场合哭闹……但是，我还是鼓足了勇气，决定尝试一下。

　　从三岁开始，我便带着她去近一点的地方玩，比如附近的公园、乡下的奶奶家、郊区的农场、周边的城市……妈咪包总是装得满满的，没有帮手，

1

过程是辛苦而劳累的。但是我渐渐地发现米兜并没有我想得那么难带，而且她到了一个新环境后变化很大，她认识了很多同龄人不认识的植物和动物，很早就有了城市和乡村的概念，这让幼儿园的老师感到惊喜。

于是，我下定决心，和孩子一起旅行，为了孩子的成长，也为了实现自己的梦想。

米兜上小学后，我们开始去更远的地方，从烟雨江南到茫茫草原，从热情海滩到皑皑雪山，我们去过很多城市，虽然每一次的到达和离开，都有些许遗憾，但是旅行的过程，让我们一起领略了人生。

上海之旅中的一次"冷战"让米兜学会耐心地看待事物、平心静气地与人交流；南京之旅使她养成了记录旅游日记的习惯，这个习惯锻炼了她良好的写作能力；厦门、张家界之行使她学会正确看待旅游纪念品，开始学着欣赏美景；桂林和三亚的经历，锻炼了她与陌生人交往的能力；而去洛阳看牡丹、去绍兴参观鲁迅故居，也让她学习了很多知识；在九寨沟和天津看到的不文明的旅游现象，让她明白"文明小游客"的含义；到北京故地重游，她还做了妈妈的小导游；大连之行，她学着第一次照顾生病的妈妈……

对于孩子来说，每一次旅行都是对陌生世界的探险，每一次旅行都是成长的契机。在这个过程中，我惊喜地发现，米兜渐渐长大了，她学会了照顾自己，也学会了照顾别人；学会了与人交往，也学会了控制自己的情绪，还掌握了很多历史、地理、生活知识。

更让我惊喜的是，在旅行的过程中，米兜有时还是我的老师，她教我怎么与陌生人相处，怎样面对恶劣的环境，怎么处理不知所以然的坏心情，最重要的是教我怎样去做一个称职的妈妈。

在耐心说服米兜静下心来欣赏大自然的同时，我也体验到生活细节的美丽；为了不被米兜问倒，我又恶补了很多历史、地理知识；米兜一次不经意的走失，让我反思父母的缺失；米兜在生活中流露出的善良和纯真，更给了我这个成年人很多启示……我在一点一点发生变化，和孩子一起成长。

旅途中所有的惊喜、感动以及所遇到的人和事，都成为我与孩子最珍贵的人生记忆，无法替代。

如今，我们依然没有停下脚步，我想和孩子一起背包走天涯，一起成长，也许前路还有更多的故事在等着我们……

最后，要感谢达志、微图、冬梅、顾兵、国宝、乐兴、悠悠、小豆丁、凯峰、阿健、磊磊、艳子、嘟嘟，这些朋友为我们提供了图片，帮我们拍照，做我们的导游等。在此借本书对你们的盛情款待和帮助表示衷心的感谢！

目 录

contents

和米兜的冷战（上海）

HEMIDOUDELENGZHAN （SHANGHAI）

　　小长假决定去上海度过的想法刚一确定，米兜就乐开了花。她一直想去大上海玩玩，这回总算如愿了。

　　打电话预订了酒店房间，收拾好了行李，前期准备工作一切就绪。不过在出发之前，我还得跟米兜来个"约法三章"："第一，我们要去的地方很多，不能因为累了就耍脾气；第二，不能自己随便到处走；第三，陌生人给的东西，没经过我的同意不许吃。"

　　和米兜达成协议之后，我们开始了上海之旅。

　　说起来，这是我和女儿头一回"二人行"，事先跟她说过爸爸因为要工作没法跟我们一起去，太兴奋的米兜根本没当回事儿，搞得她爸无比郁闷。

　　米兜在飞机上胃口很好，把飞机餐和饮料都吃喝个精光。下飞机之后，我们乘地铁到酒店，办好入住手续，时间已经是下午三点了。因为豫园离酒店最近，所以打算先去那里。米兜吵着要吃小笼包，我们就直奔南翔小笼，就这样一路逛一路吃，顺便把晚饭也解决了。

　　从所在地到浦东，我们乘坐一艘小小的摆渡船，沿途欣赏两边的美景，下船之后，夕阳也慢慢落下，一路边看高楼大厦边走着。

　　给米兜拍了美美的几张照片。天色渐晚，于是我们返回酒店。这一天没有去太多地方，米兜意犹未尽，趴在床上看地图，跟我一起规划明天的

出行路线。

第二天醒来已近九点，吃过早餐以后，我和米兜前往的第一站是东方明珠塔。东方明珠塔是上海的标志性建筑，来上海不得不游。我们出发得还是有点晚了，到了以后发现等着上电梯的人排了很长的队，米兜人小耐心不足，一看见排队就要放弃，我耐心说服她："这次不去看，下次不知道什么时候能看呢，看这么多人来这里，上面的景色肯定很棒！"米兜总算答应留下来排队。

排了四十几分钟，终于轮到我们了。高速电梯真让人惊喜，米兜兴奋得直嚷嚷，"妈妈，妈妈，太棒了！"一扫排队的沮丧。我们按顺序参观了下球体、上球体，最后到达太空舱。太空舱通过科技手段展示了太空场景的科幻魅力，非常吸引孩子，米兜本来就喜欢宇宙知识，对外星人感兴趣，这次真是大开眼界，连忙给爸爸打电话分享自己的感受，还一个劲儿怪爸爸不能一起来。

从东方明珠塔下来，我们找了家快餐店解决午饭，又休息了一会儿，米兜叫嚷着要去下一站。于是我们向科技馆进发。

四层的科技馆很大，需要一层一层地步行往上参观。我们先在地下一层停留，米兜似懂非懂地浏览了一遍，接着又去了地上一层。可是往二层走的时候，米兜突然嘟起了嘴，怎么都不肯再走了。

"怎么了，宝贝？我们得继续往上参观呀。"

"这里真没劲，我不喜欢。"

想来也是，高科技对于七岁的米兜来说实在难懂，而且走了这么久，她一定也累了。我提出参观完第二层就走，米兜很不情愿地拉着我的手，还是嘟嘟囔囔的："不想走，好累，好烦。"

我停下来看着她："来科技馆是你提议的，现在怎么能嫌烦？"

"我就是不喜欢！"无法反驳的米兜大声嚷起来，"我都快累死了，你还让我走走走！"

"米兜！你怎么这么不听话！"我一下子火了，来来往往的行人时不时地朝我们这边投来异样的目光，让我倍感尴尬。

米兜显然很不服气，"啪"地甩开我的手，气鼓鼓地往出口走，我喊了她两声，她也不理。眼看着她的身影就要被人群遮挡住了，我赶紧跑了过去，一把抓住她的小手。我努力控制自己的情绪，没有发火，只是硬拉着她往外走。从走出科技馆，直到水族馆，再到城隍庙，米兜一直和我"冷战"。她虽然乖乖地跟着我，但是却不和我说话。我也打算"冷处理"，先冷静冷静再说。

逛完一大圈，就到傍晚了，天下起了蒙蒙细雨，而坐上出租车以后，雨越下越大，天凉下来，就像我和米兜目前的状态一样。

回到酒店，面对一声不吭的米兜，我也不说话，默默地整理着行李。

我们的行程本来是三天，但是米兜今天违反了两条约定，这样宠着她，当什么事情都没发生过肯定不行。如果她不主动承认错误，明天的行程就取消，直接回家！

打定主意后，我就加快动作。米兜一直在旁边默默地看着我，不知在想些什么。

过了足足半小时，米兜扭扭捏捏地蹭过来，扯扯我的衣袖。

"妈妈，对不起，今天是我不好，你别生气了。"

说完，她低下了头。

我坐下来，平静地望着她："在家的时候，我们已经'约法三章'了，可是你今天一次就违背了两条约定。"

米兜小声地说："我不是故意的，就是太累了，而且觉得科技馆很没意思。"

"妈妈和你走同样多的路，也很累，但是发脾气就能解决问题吗？"我问道。

米兜想了想，摇了摇头。

我摸摸她的头发："虽然科技馆没有意思，但也是你自己提出要去的，就算很辛苦，也要坚持参观完，累了可以歇一会儿，不懂的可以问妈妈，而不是乱发脾气，更不能一句话不说扭头就走。外面人那么多，你让妈妈多担心呀。"

米兜抿着嘴，好半天抬起头，真诚地说："对不起——妈妈别收拾行李了，我们还有好多地方没去呢。"

孩子已经道歉了，也很真诚，我不应该再冷冰冰的了。

于是我做了个深呼吸，朝她微笑："妈妈接受你的道歉，而且我也要向你道歉，今天在科技馆我不应该向你大声吼。"

听了我的话，米兜也露出笑容。

"那我也接受你的道歉。"

"答应妈妈，以后无论发生什么不愉快的事，都不能随便发脾气，我们要想想解决的办法，OK？"我伸出小指。

米兜重重地点头，和我拉钩："OK！"

"好，现在我们计划明天的行程——你有特别想去的地方吗？"我从行李箱最外侧拿出地图铺在床上。

米兜兴奋地趴在床上，开始认真地研究……

第三天，我和米兜再度出发，用脚步去丈量上海的大街小巷，而这一次，我相信不会再发生昨天的不愉快了。

　　最佳旅行时间： 上海一年四季都适合旅行。每年的春天，这里有各种各样的花，比如青浦梅花、浦东桃花、奉贤油菜花等，女孩子肯定喜欢这些美丽的花朵，所以最好不要错过；而秋天是品尝大闸蟹的最佳季节，准保让孩子吃得小肚子圆滚滚的。

　　推荐景点： 豫园是上海市区唯一留存完好的江南古典园林，有四百多年的历史，环境清幽秀丽，是来上海不得不逛的地方，我们的第一站就是豫园。逛了豫园可以顺便品尝老城隍庙小吃，对于孩子来说，边走边品尝小吃，简直太棒了！到了上海还应该去外滩走走，可以说体现上海繁华和热闹的地方就是外滩了，这里店铺很多，建筑的式样非常有个性，还能带孩子到黄浦公园、陈毅广场，感受一下曾经的革命岁月。

　　交通： 上海目前有14条地铁，去大的景点玩都很方便，买套票更划算一些，1日票18元，3日票45元，可在24小时和72小时内无限次乘坐。如果不愿意坐地铁的话，办一张公交卡乘坐公交车出行也不错。上海的公交车分为常规线路、专线线路和旅游线路，有的车次还有夜宵线，能满足不同时间的出行需求，统一票价2元，方便实惠。

　　另外，如果赶上下雨，或是玩得太累了，坐出租车也是不错的选择。上海的出租车起步价为13元/3公里（1公里=1千米），另收1元的燃油费。

　　如果担心打不到车，可以事先预约，这里给大家提供几个出租车公司预约叫车的联系方式：上海强生：021-62580000；上海锦江：021-96961；上海大众：021-96822。

　　住宿： 上海被我们称为"魔都"，各种档次的酒店和旅馆应有尽有。当然了，地段决定价格的高低。一般来说，周末和假期，住宿的价格都会有所上涨，而且很难订到房。带米兜来上海，我是提前十天预订的，建议各位家长也要早早预订，免得到时候找不到合适的住处。我们住的酒店在人民广场，交通比较方便，有三条地铁线交会，出行比较节省时间。要想领略夜上海的美丽，可以选择住在外滩或者豫园附近。在上海游玩，最适合步行的地方是淮海路商圈、静安寺、徐家汇等，就近住宿也不错。

美食：上海汇聚了几乎中国所有的菜系，想尝尝世界各地的异域风味也能在上海寻到踪迹，可以根据自己的口味进行选择。本帮菜是上海本土的特色菜系，千万不要错过，其中以梅龙镇酒家的最正宗。大名鼎鼎的城隍庙一条街自然是第一选择，带孩子来一饱口福最好不过了。我们还去了黄海路、云南路，那里也有很多餐馆。米兜比较喜欢吃白斩鸡、蟹粉豆腐、汤包小笼，还吵着要各带一份回家吃呢！

购物：上海各大商场几乎都紧邻地铁，家长可以买一些上海雕刻、织绣、嘉定竹刻、城隍庙梨膏糖等上海特色产品；要说孩子最感兴趣的，应该就是上海北区最著名的购物广场"童梦国"了，这里有各种各样的儿童用品、儿童娱乐项目、儿童餐饮，玩具、文具、书籍应有尽有，就算不买东西，也能参观一下民间艺术收藏博物馆、挑战训练营、亲子训练营等兼备购物和游览功能的场所。

注意事项：上海雨水较多，在出发前，最好通过天气预报了解一下旅游目的地的天气情况，选择相应的衣物。另外要为孩子准备药品、零食、雨具、瓶装水、防晒霜、帽子等，水和零食可以在当地购买，上海市区便利店很多。

妈妈，它像个洒水的火炉（南京）

MAMATAXIANGGESASHUIDEHUOLU（NANJING）

米兜的暑假开始了，虽然老师留了很多的作业，但是鉴于米兜期末成绩比较好，班主任又给了一个大大的好评，我决定先带米兜去旅行以示奖励。

南京是我选择的目的地，米兜之前对南京了解不多，似乎也没有多大兴趣，当我告诉她我的决定时，她的第一个问题是："爸爸去不去？"因为上海之行没有爸爸，让她稍微有些遗憾。

米兜爸爸很开心，随即答应和我们一起去南京。

南京是个有历史感的城市，米兜爸爸喜欢历史，在历史方面知识渊博，在旅途中多跟女儿交流可以开阔她的视野。我也认为这次旅行不能少了米兜爸爸的参与。

紧接着，我带着米兜收拾行装，米兜爸爸上网订了高铁票和酒店。临行前，我跟米兜强调："这次旅行可以长知识，千万要用心哟，所以写写旅游日记，就当是作业了。"米兜很爽快地答应了。

到达南京时，正好是中午，南京不愧其"火炉"之称，走出高大凉爽的高铁站，热浪迎面扑来，在等待出租车短短的十几分钟时间里，我们三个几乎都汗流浃背了。

米兜天生怕热，拿手当扇子，一直嘟囔："爸爸妈妈，好热呀，好热呀。"

上了出租车，我们一路奔到订好的酒店。酒店是南京的老字号，就在秦淮河岸边，住在这里晚上可以直接到夫子庙附近游玩、品尝小吃、欣赏夜景，都十分方便。

米兜一进酒店，就打开空调，窝进沙发。

我换好衣服后她还一动不动，我连忙催促："米兜，走，出去吃饭了。"

米兜说："我不饿，外面好热呀，我不去了。"

"我们是出来旅行的，老是窝在房间里，怎么能看到美景、品尝美食呀？再说，你忘了？你还有作业呢，旅游日记——"爸爸提醒米兜。

米兜想了想说："那我们等傍晚或者晚上再出去吧，现在太热，感觉头晕晕的。"

可能孩子真的不适应这里的高温，于是我提出折中方案："鉴于旅途劳累，我们中午就在酒店餐厅解决一下午餐吧，不用出去，不用晒太阳。"

米兜终于答应了。

午餐就在酒店餐厅解决了，很简单，算不上美味，填饱肚子吧，米兜有点小失望。吃过午饭后外面烈日炎炎，看着米兜无精打采的样子，我们决定先休息，到傍晚气温低了再出去。

睡醒午觉，大家精神很好，午餐没有尽兴，肚子有些饿。

"走，我们去吃最有名的南京小吃——秦淮八绝！"米兜爸爸一号召，我俩一起响应。

晚饭就在酒店附近的晚晴楼吃的，点了最有名的"秦淮八绝"，菜品虽然不是太奇特，但是形式很吸引米兜，小碟子、小碗一道道上来，让米

兜应接不暇，最后她像裁判一样判定："鸭血粉丝汤最好吃！"活脱脱像一个美食家。

"'秦淮八绝'都叫什么名字，你记下了吗？这可是要写进日记里的。"我提醒米兜。

米兜恍然大悟，赶紧重复记忆了几遍，保证每个菜名都确定无误才作罢。

吃完晚饭，秦淮河畔的灯都亮了，非常漂亮。

米兜向来对红灯笼感兴趣，看到那些灯后变得非常兴奋，蹦蹦跳跳走在前面，一会儿拉我们看这一会儿拉我们看那。米兜后来发现好多人在坐船游秦淮河，赶紧向爸爸要求坐船。

白天的暑气慢慢散去，船开出时带起的风夹杂着清凉的水汽，扑在人脸上舒服极了。加上船上广播对两岸景物、历史典故的讲解，让人有一种穿越时空的感觉。

米兜小声地对爸爸说："讲得东西太多了，我记不住，怎么写旅游日记呢？"米兜爸爸赶紧安慰她说："日记不可能把看到的全部记录下来，记关键的几处就行了，有的地方详写，有的地方略写……"父女两人小声地交流着，其乐融融。

游完秦淮河，我们又去了江南贡院，那到处悬挂着红灯笼非常漂亮，我们拍了不少照片。

到了十点多，夫子庙附近还是游人如织，十分热闹，米兜兴奋极了，有点不想走。因为第二天还要去总统府、玄武湖和大屠杀纪念馆，我赶紧提醒她："不是还要写旅游日记吗？现在我们就回去写，爸爸妈妈帮助你回忆今天发生的事情。"

这句话真管用，米兜马上说："对，差点儿忘了，再晚点我都不记得秦淮八绝的菜名了。"

回到酒店，米兜立即拿出本子写日记，并不断地问问题。吃的那种小汤圆叫什么名字？"夫子庙"的"庙"怎么写？"秦淮河"的"淮"怎么写？灯笼是不是有两种形状？

米兜兴致勃勃，终于写成了一段话，有拼音，有汉字，大概有一百多字，说明天还要继续写。

"那先为你写的日记加一个题目吧。"我提议。

米兜拍手说："好啊好啊，但是你们也要帮我想。"

于是我们两个也开始帮米兜想题目——"南京游记""快乐的一天""米兜游南京"……

还没有想出比较好的题目，我们一家三口就困得不行了，都太累了，还是早点休息吧，明天肯定就有灵感了。

一夜无话，第二天醒来拉开窗帘一看，我十分惊喜。天公作美，地面湿漉漉的，昨夜竟然下了一场雨，天似乎还有点阴，但空气清新宜人。

我赶紧叫醒米兜："看，下雨了，今天会很凉快咯，我们好好玩吧！"

米兜坐起来，揉揉眼睛，说："南京像个大火炉，现在它是洒水的火炉，日记题目叫'洒水的火炉'好不好？"

我先是愣住了，当意识到米兜不是在说梦话时，一下子被她形象的语言逗笑了。

"好啊，这个题目太好了，米兜真有当作家的天赋呢。今天的行程也很有意思，你也要多用心，好好写。"

米兜认真地点点头。

新的一天开始了，南京之旅也刚刚开始，相信米兜能用自己的笔记录下这次美好的旅行。

　　最佳旅行时间：南京春秋两个季节最适宜出游，春天有梅花和樱花可以欣赏，秋天有红叶可以欣赏，而且气候适宜，穿衬衣外套出行即可。最不适合旅游的时间是7月和8月，正好是暑假期间，天气湿热，完全是"洒了水的大火炉"，这个时候带孩子去一定要注意防中暑。冬天的南京比较湿冷，也不太适合小朋友旅行。

　　推荐景点：南京是旅游胜地，可去的景点有很多，如中山陵、明孝陵等。但是对于孩子来说，最有趣的还是市内的一些景点，如玄武湖、总统府和夫子庙秦淮河。白天在玄武湖上泛舟，晚上去夫子庙、瞻园、江南贡院等众多历史古迹走走，深入街巷中或是泛舟秦淮河，从不同视角感受河畔风土人情，有时还能赶上灯会、美食节、庙会等活动，让小孩子欢呼雀跃。另一个有教育意义的好去处，就是日军南京大屠杀遇难同胞纪念馆，提前让孩子做好功课，让其铭记历史、勿忘国耻。

　　交通：南京市内最方便的交通工具就是公交车和地铁。南京目前有两条地铁线路，地铁票价2元起步，实行阶梯价位。南京市内公交车分为普通、空调和旅游线几种，均为无人售票车，所以上车前最好先预备零钱。来南京旅行，坐一些旅游专线是很方便的，比如游1线经过鸡鸣寺、总统府、中山陵等景区。出租车起步价10元/3公里，另加2元燃油附加费，早上和傍晚出租车非常难打，所以出行前最好查好公交和地铁换乘路线。

　　住宿：南京作为省会城市、优秀的旅游胜地，住宿条件不必担心，选择的余地也很大。带着孩子出行，晚上最好住在景点附近，可以按照区域寻找住宿地点，如夫子庙秦淮河区域、新街口、鼓楼玄武湖、汤山温泉、钟山风景区五个区域。像新街口和夫子庙是比较热门的住宿区域，如果你想住在夫子庙附近，一定要提前预订好房间，以免临时订不到房。

美食：南京菜一向被称为京苏大菜，厨师则自称"京苏帮"，京苏菜的四大名菜包括松鼠鱼、蛋烧卖、美人肝、凤尾虾，来到南京可以一尝。但是孩子最喜欢的还是小吃，其中比较著名的特色小吃有回味鸭血粉丝汤、狮王府狮子头、尹氏鸡汁汤包、莲湖糕团店的点心、"忘不了"酸菜等。

莲湖糕团店里的点心是米兜的最爱，米兜看到玻璃罩里的各种糕团，立刻走不动了，她选了桂花元宵、如意糕、千层糕、马蹄糕品尝，吃完了还念念不忘。

购物：到南京旅游，势必要购买一些有价值的工艺品。南京的工艺品种类繁多，最有名的是云锦和雨花石。南京云锦价格比较高，真的热爱艺术的话可以收藏。与云锦比较起来，雨花台所产的雨花石就比较亲民了。买正宗的雨花石，可到南京博物馆、夫子庙的文物商店，有点国画意境的要价上千元，普通的一元硬币大小的玛瑙级雨花石20元左右，太便宜的可能是仿制的有机玻璃，购买需谨慎。

注意事项：暑期带着孩子到南京旅游，一定要做好防中暑的工作，要随身携带水杯，多带几瓶矿泉水，记着及时补充水分。另外，每天的行程安排得不要太紧张，给孩子充分休息的时间，离酒店较近时，让孩子补一个午觉，离酒店太远时，可以在风景区找合适的地方让孩子小憩片刻。

过一把大家闺秀的瘾（扬州）
GUOYIBADAJIAGUIXIUDEYIN（YANGZHOU）

烟花三月下扬州。米兜背诵这句诗时问我："为什么要三月去扬州呢？"

"因为三月的扬州最美。"

"怎么美呢？"

"我就在网上看过图片，没有亲自去过呀。"我回答。

"唉……"米兜小大人般叹了口气。

清明节小长假，正是游览江南的好时光，我决定带着米兜去扬州旅行。

江南的春天，不用带厚重冬装了，背包也比较轻便。一下飞机我就把米兜的背包给她："自己背自己的包。"米兜爽快地接过来，蹦蹦跳跳地往前走。我背着一个背包，斜挎着相机，变得非常轻松，不禁感慨：女儿大了真好。

机场离市区不算远，一路上草绿树翠，暖风习习，不经意间，就能看到一丛嫩黄、一丛娇粉，春天的气息铺天盖地。

网上有很多行程安排，但是对于亲子游来说，时间有点赶，孩子太累。我还是决定按着自己的节奏来，把重点放在个园、何园、瘦西湖等古代园林建筑的欣赏上；米兜是个"小吃货"，一早一晚用来品尝扬州美食。

第一站就是个园，我们住的地方离个园很近，可以直接坐人力三轮车过

去。一到个园门口，就看到门外两旁的修竹，亭亭玉立，春意盎然。

走进去后，米兜问："妈妈，为什么叫'个园'呢？"

我心里窃喜，正好想给她讲个园的来历呢。

"你看园子里最多的植物是什么？"

"嗯——竹子。"

"园子里种了各种竹子，体现了园主人的情趣，'竹'的一半就是'个'，而且你仔细观察，竹叶的影子像什么字？"

米兜仔细观察一番，兴奋地说："个！"

在这个小小的兴奋点的支撑下，米兜兴致勃勃地往前走。突然，她像发现新大陆一样惊呼："妈妈，看，那是什么？"远远一看是绿中一点红，很是娇艳，走近一看竟然是一株梅花。个园以竹景为主，能欣赏到梅花，让我们感到无限惊喜，赶紧拍照留念。穿过万竹园，就进入了住宅区，当我告诉米兜这是扬州盐商的私宅时，她有点惊呆了。

雕梁画栋，曲径通幽，古色古香，窗户正对翠竹。

"哇，这可是豪宅呀！"米兜一遍遍地感慨，"住在这里得多幸福呀！这么多房间，想住哪间住哪间！"

走过住宅区，就到了四季假山的美景。因为事先看了网上的介绍，我就引导米兜去体会假山中展现的春夏秋冬四处不同的景色。

走累了，我们正好看到一个雅致的小凉亭，顺便休息一下。

我感慨道："古时候，有钱人家的大家闺秀，就是坐在这里绣花、喝茶、下棋……"

"大家闺秀不用上学？"

"那时候的学校不收女生，大家闺秀当然不用上学了。"

米兜听了无限神往："我也要做做大家闺秀！"

于是米兜翘着兰花指，装模作样地摆着姿势。我一下子被她搞怪的样子逗笑了。

"妈妈，妈妈，快拍照呀！要把整个亭子拍下来——还有竹子。"

我赶紧拿起相机，从各个角度给她拍照，她站起、坐下，摆各种姿势，也不觉得累。

一会儿，她还意犹未尽地说："假如装扮成古装就好了，像《甄嬛传》里的甄嬛。"

"你还没忘记甄嬛呀？"

我痴迷看《甄嬛传》的时候，小丫头还蹭边儿看了不少。剧情当然是不懂了，就看里面人物的穿戴好看，还用彩笔画了很多花呀、首饰呀，用剪刀剪下来插在头上。现在竟然还念念不忘。这次总算过了过瘾。

从个园出来，时间尚早，我们顺便逛了逛东关街，然后去有名的盛宴品尝一下地道的淮扬菜。大煮干丝、狮子头当然要品尝一下，扬州炒饭给我们留下的印象最深。因为在快餐店里整天吃"扬州炒饭"，还真不知道正宗的是什么味道。一吃果然大赞。

一边吃，我们一边讨论"大家闺秀"这个话题。

我说"大家"肯定是有钱人家，"闺秀"那肯定是秀外慧中，这两条米兜似乎都不符合。

米兜不服气地说："我不算有钱人家，但是'秀外慧中'总有点吧？"

"'慧中'还行，古诗背得很多，还会画画、英语，古代的大家闺秀肯定没几个会英语的。但是'秀外'就谈不上了，你想想，周末你是不是经常不洗脸，有时候还懒得洗澡。"

米兜从小大大咧咧，有时候很懒，不爱洗头发、洗澡，周末还不洗脸。现在她既然那么想当"大家闺秀"，正好趁这个机会，给她讲讲女孩穿衣打扮的重要性。

听我提起她的糗事，她吐吐舌头，然后小声说："能不能别在这种地方提人家缺点？"

"有什么关系，反正也没有人认识你。"

米兜有点不好意思，不说话了。

我意味深长地说："秀外慧中可不是那么容易就能做到的，一个女孩子的言谈举止是很重要的，没有必要穿那么贵的衣服，但是头发、指甲一定要干净，对吧？你想想，你的小伙伴头发油腻腻、指甲脏兮兮的，你愿意和她一起玩吗？"

米兜回答得很干脆："当然不愿意了——不过我没那么糟吧？"

"还好，但是再不注意可能就成为别人讨厌的女孩啦。"

"我知道错了，我以后一定改掉坏习惯。"

没想到一个小话题还有教育的作用，游览个园收获真大，我心里美滋滋的。

吃了饭回到酒店，我俩共同制定第二天的行程。瘦西湖要去；何园和个园

风格不同，也一定要去看看；早上去富春茶社吃早茶，先吃得饱饱的再说。

　　为了想看看另一家的千金是怎么生活的，米兜对何园便充满浓厚的兴趣，竟然想提前做做功课，拿我的手机上网搜介绍。

　　我感觉很累，懒得洗澡了，想看完电视就睡觉。忽然间想起今天和米兜的对话，不行，必须先洗澡再睡觉，不然怎么起到榜样作用。

　　睡觉前我还一直在反思，米兜有很多不好的习惯，是不是因为我？比如不爱洗澡，不修边幅，晚上不睡早上不起……

　　看来，培养女孩的气质，妈妈要从自身做起。于是我下决心改掉坏毛病，给米兜树立榜样。

最佳旅行时间：烟花三月下扬州，可见春天（3—5月）是扬州的最佳旅游时间，春花盛开，杨柳照水。古诗词中很多美好的意境都可以在扬州体会到，可以让孩子边旅行边温习古诗词。暑假期间，扬州到了梅雨季节，闷热多雨，如果不怕热也值得一游，说不准可以在"雨巷"遇到"丁香一样的姑娘"。

推荐景点：最有代表性的扬州园林是何园和个园，非常值得一去。瘦西湖是扬州的旅游名片，也应该一观，有的孩子喜欢泛舟，来瘦西湖能玩得很高兴。其他的一些景点看多了可能都有些重复了。朱自清故居可以一看，因为上学还要学很多朱自清的文章，朱自清故居又不同于富商的园林，可以让孩子更加了解朱自清本人。提前计划好的话，可以购买联票，比如瘦西湖、个园、何园、古运河、大明寺和盆景园旺季联票是210元，比较划算。

交通：扬州市内公交车多为无人售票车，票价1元，部分空调车2元，所以零钱一定要提前备好。市中心的文昌阁是公交线路最密集的地带，基本上可通达全市各处。扬州市内环线行驶的游1、游2路公交车，去瘦西湖、大明寺、何园等重要景点都很方便。扬州出租车起步价7元/3公里，超过3公里每公里1.6元；5公里以上每公里2.4元。扬州市区很小，吃的和玩的区域又比较集中，如果不是太晚的话可以选择三轮车，不过提前要商量好价格。

住宿：扬州虽小，但也是旅游胜地，市内遍布着档次不一的酒店和旅店，可以满足不同游客的需求。瘦西湖景区各种档次的酒店很多，从90元到千元的星级酒店以及度假村应有尽有。如果只想度假休闲的话，可首选住在瘦西湖风景区周边，夏季可以参加夜游瘦西湖的活动。若想品尝地道的扬州小吃又想欣赏美景，最好住在文昌阁附近，去各个景点都很近，而且周边有不少购物场所可以逛，比如金鹰国际购物中心和时代广场。

美食：扬州是中国四大菜系之一"淮扬菜"的发源地，注重本味、讲究

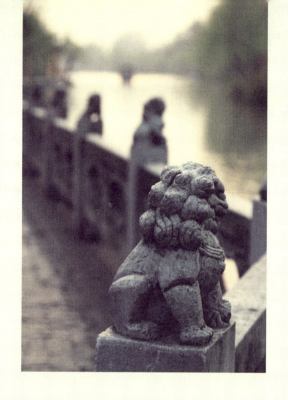

火工、擅长炖焖，口味清淡鲜美、甜咸适中。淮扬菜中的扬州菜以刀工精细著称，特别精于食材雕刻，如《舌尖上的中国》中出现的大煮干丝、文思豆腐都是刀工菜的代表，来了扬州不得不吃。而各色扬州点心和小吃深受孩子喜欢，比如三丁包、糯米烧卖、千层油膏、蟹黄蒸饺。这些美食都可以在茶社品尝，我和米兜第二天就去了富春茶社，品尝了许多扬州名点。

购物：玉器、漆器、剪纸被称为"扬州三绝"，其制作工艺考究，是送礼的佳品。另外，扬州酱菜已有多年的历史，在江浙一带小有名气，是扬州小吃的代表菜之一。扬州最繁华的商业区在文昌阁附近，周围很热闹，有著名的美食街和购物中心，可以买一些剪纸和真空包装的酱菜带回家。

注意事项：旅游旺季带着孩子去扬州旅行，住宿、吃饭、如厕都是问题。首先住宿要提前预订；其次去景点要早一些，赶在大部分游客进入景区前游览；去很有名的店吃饭还要等位置，很浪费时间，孩子胃口小，但是容易饿，所以包里应常备一些饼干、面包、火腿等方便食品。

在天堂"浪费"时间（杭州）

ZAITIANTANGLANGFEISHIJIAN（HANGZHOU）

上有天堂，下有苏杭。杭州被称为"人间天堂"，想必景色不会太差。

我对杭州仰慕已久，一直在寻找机会一睹其"芳容"，恰好单位有个出差去杭州的机会，事情很简单，半天就办完了，我可以挤出时间在杭州玩一玩，正好与周末连起来，如果兴致好的话还可以去绍兴一趟。

天赐良机，我何不顺便带着米兜一游呢？

与米兜爸爸简单商量了一下，他连忙帮我们策划行程。他去过杭州，建议重点在西湖游览，最好拿出大把的时间"浪费"在西湖边，休闲两天，如果觉得无聊了，可以再去西溪湿地。

到了杭州第二天一早我就赶紧去办公事，米兜全程跟随，像个大家闺秀似的坐在一旁翻画报、喝饮料，让人十分省心。

办完事情后，我们两个迅速去退房，然后打的到西湖边上的酒店。

这时天上飘起了小雨，雨中的西湖更显婉约。

我这个年龄的人都对赵雅芝演的《新白娘子传奇》念念不忘，看到雨中的西湖，一下子就想起白素贞与许仙雨中相遇的情景。米兜曾经也看过一点《新白娘子传奇》，觉得人物一会唱一会说很无趣，估计没有太深的体会，看到这样的景色也没有什么感觉。

这是两代人的代沟，不能怪她。

雨就是蒙蒙雨丝，若有若无，根本不影响游玩，给米兜穿上一件较厚的外套，拿上一把雨伞，我们就出发了。

　　酒店前台好心地提醒我们走路的话很浪费时间，不如租辆单车。我对她的好意表示了感谢，但还是决定走一走，也算是一种运动方式，况且旅行本身就是一件"浪费时间"的事情，在"天堂"就应该浪费一些时间。

米兜完全同意我的决定，因为她很少有雨中散步的机会，在家时偶尔有这种想法，都被我制止了。

我们一边走一边拍照，沿着南山路一路向西，经雷峰塔到苏堤南岸，折上苏堤再一路向北。即使下着微雨，苏堤上南北两头的游人也很多，中间人比较少，我们便停了下来，远观被雨雾笼罩着的整个西湖，对岸的景色若隐若现。

正好是春夏之交，风吹来，凉爽宜人，我有点舍不得离开了。

雨中散步的新鲜劲儿过去了，米兜开始显得百无聊赖。"妈妈，这里没什么好看的，我们还不如租辆自行车呢，那样走得快一点。"

"已经错过了，现在抱怨也没用了，还不如静下心来观赏美景呢。"

米兜有些不高兴："可是我现在什么也看不清楚呀。"

让一个七岁的孩子领略雨中西湖的意境似乎有点强人所难，我就提议再往前走，也许会有有意思的景色。

沿苏堤向北，一会就看见了曲院风荷，虽然现在只有荷叶，但也让我想到"接天莲叶无穷碧"的诗句。本来这里是观鱼的好去处，米兜也肯定喜欢，但是因为下雨，湖水有些混浊，鱼儿都看不清。

这时，米兜明显不高兴了，噘起了小嘴。这是闹脾气的前兆，不过上海一游以后，这个坏毛病改掉了不少。

我决定引导她试试，让她懂得慢下来欣赏风景。

"米兜，你看，那边的塔是不是像穿上了白纱？只有下雨时才能看到哦。"

米兜不情愿地看了一眼，说："好像是。"

"你看，池塘里是不是有小水泡，像小灯笼？"

米兜匆匆看了一眼，眼前一亮，说："像小碗。"

我赶紧趁热打铁，说："怎么样？很有趣吧？只要你仔细观察，到处都是美丽的景色，怎么说是浪费时间呢？"

米兜低头想了想，问："我感觉没意思，是因为没有仔细观察？"

"现在你仔细观察试试，待会儿给我讲讲感受好吗？"

"嗯，好。"米兜爽快地答应了。

我松了一口气，米兜长进不少，在不高兴的时候也能认真听我讲话了，还能和我交流。

接着，我们离开曲院风荷，绕过孤山赏梅、平湖秋月两个景点，到了白堤上。这时雨已经停了，米兜对我说："妈妈，下完雨后，湖上蒙上一层雾，好漂亮。"

我欣慰地摸着她的头，说："对呀，你观察到了美景，就是今天的收获。"

这时一看时间，都已经五点了。一个下午，竟然就走了这几个地方，看似浪费时间，但是我和米兜都有收获。

米兜也饿了，我们走到湖滨路上，打的去外婆家。

没想到外婆家门口有几十人在等座，拿到号一看，等在我们前面的有六十多桌，米兜一看失望极了："吃饭也要等，真扫兴呀！"

"既然要吃好吃的，就不怕等，我们利用这点时间干点别的。看我带的什么？"我随即从随身包里拿出她最爱吃的奥利奥。

米兜有了吃的就不怕等了，我们估计轮到我们还要很长时间，就在周围随便转转，一个小时后收到外婆家的短信，赶紧赶到门口。

好事多磨，餐厅为我们安排的座位居然临窗，正好能看到西湖。

一边品尝正宗的西湖醋鱼，一边观赏西湖夜色，感觉无限的惬意。

米兜鼓着腮帮子说："等一个小时真值呀，确实很好吃！"

晚上回到酒店，我表扬米兜说："今天你虽然感到无聊，但还是忍住没有发脾气，还和妈妈一起欣赏风景，真的变懂事了。"

米兜不好意思地笑了，说："因为我觉得妈妈说得有道理，以后我也要认真观察，看到别人看不到的景色。"

在"天堂"浪费多少时间都值得，米兜明白了"慢"的道理，我们还品尝了正宗的杭州美食，相信这一次旅行必定给米兜留下了美好的回忆。

自助旅行家手册

最佳旅行时间：杭州一年四季都有美丽的景色，春夏秋冬，阴晴雨雪，各有各的韵味。杭州的春天最适合漫步苏堤、踏青赏花；杭州的盛夏可以欣赏"映日荷花别样红"的盛景；到了秋天，杭州的桂花飘香十里，中秋游湖赏月最惬意；杭州的严冬蜡梅竞放，可以去孤山赏梅、灵峰探梅、超山访梅，断桥残雪也是一大盛景。但是杭州1月非常湿冷，孩子出行容易感冒，家长要多加注意。

推荐景点：杭州最值得去的景点是西湖和西溪湿地等，都是不容错过的景点景区。在西湖游玩，带着孩子漫步苏堤、泛舟湖上，十分惬意。另外，杭州是花园城市，各个公园也都有让人惊艳的美景，如杭州太子湾公园一年不断的花展就非常吸引人。如果时间充足，杭州周边的千岛湖、东明山森林公园也是休闲度假的理想去处，只是这次我们的行程比较紧张，没有去，留下了小小的遗憾。

交通：杭州公交有普通公交、空调公交和中巴，票价不等，都标注在站牌上，上车前要看清楚，并自备零钱。除了公交车，旅游专线也是比较好的选择，一些旅游线路涵盖了所有西湖周围的景点。杭州地铁一号线途经武林广场、湖滨构成的旅游商业文化服务中心和主要的商贸区，购物的话可选择地铁出行。

在西湖景区，最好的交通方式是租借自行车，无论在哪个服务点租用自行车，都可在任何一个服务点归还，非常方便。

租车时间：夏令时6:00—21:00，冬令时6:30—20:30。

住宿：杭州的酒店档次非常齐全也很便捷，西湖景区有一些高档酒店，文教区和吴山广场一带有很多快捷酒店，当然你可以选择背包客最爱的青年旅舍。大家可以根据需求选择自己喜欢的投宿地点。西湖景区或其他景点附近的宾馆，遇大型节假日需要提前预订，特别是声誉较好的宾馆。所以带着孩子去玩，住宿的地点一定要早早敲定，避免临时找住处的麻烦。

美食：到杭州必吃杭帮菜，代表美食有西湖醋鱼、龙井虾仁、西湖莼菜

汤、东坡肉等，特别是西湖醋鱼，非常适合小朋友的口味。杭州的小吃非常出名，南山路、河坊街、胜利河、高银巷等美食街有不少名店，有时间可以去品尝一下杭州小笼包、西湖藕粉、西湖桂花栗子羹、春卷等小吃。像外婆家、新开元这样的餐厅因为名气大，等位子也比较难，要有心理准备，最好早去。

购物：杭州有大家熟知的龙井茶叶和杭州丝绸，买一些可以馈赠亲朋好友，

最佳购物地点是龙井村和杭州中国丝绸城。杭州有大名鼎鼎的杭派女装，众多百货商店和品牌店的折扣都很大，漂亮妈妈们大可以放开手脚扫货，抽时间去武林广场、武林路女装街，一定会有惊喜。不过带着小朋友试衣还是有点不方便，三口之家出行最好了。

注意事项：杭州多雨，5—9月是雨季，一定要记得带上雨衣、雨伞，也要给孩子备一件外套，以防感冒。下午五六点叫出租车是非常困难的，因为是交班时间，司机可以拒载，所以这个时段要提前规划好时间，或者选择公交出行。

米兜的文化熏陶之旅（绍兴）

绍兴之行是杭州旅行的"附赠品"，本来没有列入行程，但是杭州两日游后，我们决定换一个城市，绍兴就是最好的选择。

杭州到绍兴的高铁只需二十几分钟，非常便捷。再者，米兜刚刚上学，应该多去文化氛围浓厚的地方熏陶一下，可以提高她对文学作品的阅读兴趣。

米兜对鲁迅"略有耳闻"，但不是特别了解这位文学大师。

"鲁迅爷爷是我国现代著名的文学家，以后小学、中学都会学到他的文章。"

米兜骤然兴趣倍增："以后我会学到他写的文章？绍兴就是他的家乡？"

"到时我们坐上乌篷船，吃着茴香豆，听着船头的潺潺水声，边旅行边学鲁迅爷爷的文章好不好？"

边走边学习文章，让米兜感到很新鲜，立即连声说好。

我们从杭州乘坐高铁到绍兴，一路上敲定了绍兴游的行程——鲁迅故居、沈园、兰亭和东湖，第二天离开。当然我提前把鲁迅先生的几篇文章下载在手机里，有《少年闰土》《从百草园到三味书屋》《社戏》，还有《祝福》和《孔乙己》的故事梗概。

鲁迅故里是绍兴市内的一条历史街区，主道两边粉墙黛瓦，古色古香。他笔下的三味书屋、百草园、咸亨酒店都是旅游景点。

我们两个走走停停，休息的时候我就找文章中的精彩片段读给米兜听。

"百草园是这样的——不必说碧绿的菜畦，光滑的石井栏，高大的皂荚树，紫红的桑椹；也不必说鸣蝉在树叶里长吟，肥胖的黄蜂伏在菜花上，轻捷的叫天子忽然从草间直窜向云霄里去了。单是周围的短短的泥墙根一带，就有无限趣味。"

米兜听了问道："为什么说'不必说'？叫天子又是什么？"

"'不必说'的意思就是不用说这些有意思的事，还有比这些更有意思的呢，所以是'无限趣味'。叫天子就是云雀，一种鸟。"

米兜好像听懂的样子，神往地说："哇，写得真好。"

虽然现在眼前的百草园没有那么有趣，但是米兜还是饶有趣味地寻找文章中写到的事物。

走出三味书屋，米兜就在水巷发现了乌篷船的码头。

"妈妈，快看，有船有船，乌篷船！"

临近中午，我们要去咸亨酒店吃午饭，正好坐船过去。坐到咸亨酒店要五十元，感觉有点小贵。但是一想可以在船上体验一下江南水乡的生活，也值了。

水巷里非常安静，能看到两边的老房子，流水潺潺，清风徐来，偶尔听到软绵的绍兴话，很享受的时光。

米兜也难得安静一下，东看看西看看，似乎在想事情，一会儿问："妈妈，鲁迅爷爷有没有描写乌篷船的文章？"

我赶紧在大脑中搜索，好像没有，为了不让米兜失望，我赶紧说："也许很多文章，都是鲁迅爷爷在乌篷船上构思的呢！你看坐在这里多有意境。"

米兜似懂非懂地点点头。

到了咸亨酒店就看见孔乙己的铜像，米兜问："这是谁呀？"

我心里窃喜，抓紧进行文化熏陶，拿出手机查看下载的小说梗概，等在桌前坐下，就开始给米兜讲孔乙己的故事。

"孔乙己呀，就是鲁迅爷爷小说里的人物……"

等我最后讲到孔乙己被打折了腿，到店里买酒喝，米兜的眼睛里亮晶晶的，她伤感地说："孔乙己太可怜了——但是他为什么不去工作呢？"

"因为他只懂得考试，没有一技之长，也不会工作。"

米兜很惊讶："爸爸妈妈都工作，老师也工作，很多人都工作，为什么他不会呢？"

再讲就是科举制度了，米兜大概听不懂了，我说："这个说起来就很深奥了，以后你学习了历史，就会慢慢懂得了。"

"那晚上给爸爸打电话，问爸爸这个问题。"

一个话题告一段落，我认真打量咸亨酒店，感觉和一般餐厅没有太大的区别，装修风格很古朴。我们点了茴香豆、梅干菜焖肉和臭豆腐。在路边摊我是坚决不同意米兜吃臭豆腐的，来到这里破例一次，味道还可以，但是米兜尝了一口，就不再吃了，她的理由是"味道怪怪的"。

咸亨酒店名声在外，主要还是因为鲁迅，菜品味道还可以，算不上太美味。但是坐在八仙桌前，想一想鲁迅当年曾在这里体验生活，还发现了孔乙己这样的人物，就有种进入小说的感觉。

"米兜，感觉怎么样？鲁迅爷爷就是在这里构思《孔乙己》这篇小说的。"

米兜说："晚上回酒店，你再给我读读这篇小说吧。"

"没问题。"我欣慰地摸摸她的头，能对鲁迅感兴趣，那么以后学他的文章就不会觉得晦涩了。

接下来要去沈园和兰亭，我问米兜："米兜，你背过陆游的诗吗？知道陆游是谁吧？"

米兜歪着头想了想："好像背过，只是记不起来，我想想哈——莫笑农家腊酒浑，丰年留客足鸡豚。山重水复疑无路，柳暗花明又一村。这是

陆游写的吧？陆游是爱国主义诗人。"

米兜背诵古诗的声音清脆响亮，引起旁边的食客投来赞赏的目光，我也感到非常自豪。

"呵呵，就是他。"

"妈妈，他和绍兴有关系吗？"

"对呀，我们接着要去的沈园，就是陆游和妻子相遇的地方。"

米兜的嘴夸张成一个"O"形。

"绍兴有好多与文学家和诗人有关的古迹，对了，明天要去参观的兰亭，是王羲之待过的地方哦——对了，你多回忆回忆陆游的诗句，游沈园时我要考考你。"

"嗯！"米兜点点头。

铺垫得很成功，相信米兜会兴趣满满，上午读了好几篇鲁迅爷爷的文章，接下来又要认识陆游和王羲之，我的"文化熏陶"策略也会成功吧？

米兜继续吃饭，我拿出手机查询攻略，看沈园、兰亭都有哪些典故，顺便了解一下陆游和王羲之的代表作，以备她"十万个为什么"的攻击。

在旅途中，我和女儿一起学习、成长，倒是我没有想到的。

最佳旅行时间：绍兴是个四季分明的城市，全年都可以带着孩子旅游，每年的四五月为丰水期，乘乌篷船游览效果最佳，而且能参加兰亭国际书法节、吼山桃花节等节日庆典。到了秋季，有绍兴黄酒节、湖塘桂花节在此举办，那时秋高气爽，暑热已退，带着孩子来绍兴最为惬意。

推荐景点：来绍兴必去景点是鲁迅故居、沈园、兰亭和东湖景区，有的两点之间可以乘坐乌篷船，体验一把江南水乡的感觉。绍兴历史悠久、人杰地灵，老街小巷中分布着许多名人的故居，如徐渭、王羲之、章学诚、周恩来、蔡元

培、秋瑾等，带着孩子在老街小巷中穿梭，不经意间可能就会收获一份惊喜。如果在绍兴游玩两天以上的话，可以购买联票，相对比较划算，还能节省时间。

交通：公交车是绍兴市区内主要的交通工具，市内或者市郊的旅游景点皆可乘坐公交抵达。市内公交上车1元，全程最多2元。此外，还有两条旅游观光巴士经过周恩来祖居、东湖、鲁迅纪念馆、沈园、大禹陵、香炉峰、秋瑾故居等地。绍兴的出租车起步价为7元/3公里，超过3公里后每公里2.2元，一次加收1元的燃油附加费，因为市内景点集中，起步价就可以到达各景点。如果你想放慢脚步游绍兴，可以考虑租赁自行车。

住宿：绍兴各个档次的酒店、宾馆很多，和杭州差不多，能满足不同游客的需要。带着孩子出来，住在鲁迅故里景区一带最方便，因为交通便利，餐饮业也比较发达。如果最后一天需要赶车，再选择在绍兴火车站周边住宿。

美食：绍兴的美食注重香酥绵糯、轻油忌辣、汁味浓重，非常适合老人和小孩，如梅菜扣肉、虾油浸鸡、霉千张，酱鸡酱鸭等酱菜。绍兴的小吃有因鲁迅扬名的茴香豆，还有油炸臭豆腐、酒浸枣子、桂花香糕、酒香月饼等。鲁迅故居周边是美食集中地，游览时不妨尝一尝绍兴美食。我和米兜曾在小巷子里品尝过奶油小攀和甜酒酿，非常美味。

购物：来到绍兴，可以买的东西有很多，比如天下闻名的梅干菜、黄酒，还有诸暨的珍珠。解放路是绍兴的商业街，有很多大型超市，真空包装的茴香豆、酱菜都可以买到。喜欢古玩的可以到鲁迅广场对面的古玩市场淘一淘宝，那里古色古香，有很多有年代的宝贝。

注意事项：带着孩子来绍兴旅游，记得提前阅读一些资料文献，做一做功课，对绍兴进行深度游览，对孩子进行文化熏陶，才能不负绍兴之行。另外乘坐乌篷船虽然很浪漫，但是也有一定的危险性，特别是带着孩子，切记小心。上船后交代孩子坐稳，不要突然站立起来使船颠簸不稳。绍兴的蚊子是非常厉害的，虽然我们来的时候还不到盛夏，但是蚊子还是很猖狂，所以要带上风油精、花露水等防蚊虫叮咬。

下次再来看童话好不好（厦门）
XIACIZAILAIKANTONGHUAHAOBUHAO（XIAMEN）

　　我曾在厦门求学，经常跟米兜说我的母校多么美多么美，于是米兜时常问我："我们什么时候去厦门？"

　　法定节假日去厦门，是非常挤的，不管是去沙滩游玩，还是乘坐公交车都人满为患，甚至打车、订酒店都变得很难。我决定十一假期过后，利用年假，带着米兜去厦门旅行。请两天假，加上周六日，时间不长，但是让米兜领略一下厦门的海滨风光也足够了。

我把计划告诉米兜后，米兜欢呼雀跃，但是她随即开始担忧请两天假会耽误一些功课，我就鼓励她自己想办法解决这个问题。想实现某个愿望，就要为了愿望而努力，米兜的"办事能力"就是这么练出来的。

　　十月的北方已经有丝丝凉意了，但是厦门的气温还比较高，阳光灿烂，一下飞机，米兜就脱下外套，只穿短袖。在厦门大学西门一家家庭旅馆入住后，我便带米兜去逛厦门大学。

　　米兜虽然刚上小学，但是已经知道大文学家鲁迅了，我告诉她鲁迅曾在厦门大学教书，她的眼神充满了崇拜。我们参观了鲁迅纪念馆，米兜还在鲁迅像前照了好多照片。

　　走着走着，米兜看到了芙蓉湖，兴奋地说："妈妈，校园里竟然有湖，校园好大呀！"

　　"那当然，厦门大学可是中国最美丽的大学呢。"

　　米兜呆呆地看着芙蓉湖，感叹着："妈妈真幸福，能在这个学校里读书。我要是也能在这里上学就好了……妈妈，再帮我照照片，我要永远留纪念！"

　　整个下午我们都是在厦大校园里度过的，拍了很多照片，还在校门口吃了烧仙草。

　　路过厦门大学里的超市时，我带着米兜进去采购了一些方便食品。

　　"妈妈，我想要这个。"正选着东西，米兜突然指着一个白雪公主的文具盒喊。

　　"我们是来旅行的，不应该买太多东西增加背包的重量。何况这样的文具盒，你已经有很多个了。"

　　"但是那些都不是在厦大买的……"

　　"文具盒有很多很多种，你不可能拥有所有的。而且我们来旅行，要带走美好的回忆，没有必要买到处都有卖的东西。"在文具架前已经浪费很多时间了，我有点不耐烦，声音也变大了。

　　她还想争辩，看着我严肃的神情，最后还是没有说。

我硬拉着她离开，她噘着嘴，一脸的不高兴，挑选食品时也不用心。我就装作没看见。这孩子也许还不能明白纪念品和美好回忆之间孰轻孰重。以前她就出现过这种情况：买了很好玩的纪念品，结果周围的景色全都不在意了。精彩的人生不可能由纪念品组成，美好的回忆才是最宝贵的财富。明天去的地方是鼓浪屿——音乐之岛，也许能帮她忘记今天的不愉快。

　　第二天睡醒已经九点多了，我们在肯德基解决了早餐，坐公交车到轮渡，在那里乘船去鼓浪屿。

　　米兜早就忘记了昨天的事情，一上船就被海岸上的景物吸引了，问东问西。

　　"妈妈，那个雕塑是海豚吗？"

　　"妈妈，回去的时候我们还要坐这艘船吗？"

　　"妈妈，鼓浪屿是个岛吗？我们要在那里待多长时间？"

一到鼓浪屿，米兜就完全被迷住了。鼓浪屿上空飘荡着浪漫的钢琴曲，很多画家在面朝大海写生，我们还看到拉着手风琴唱歌的人们……

米兜兴奋地说："哇，好像到了童话世界呢。"

鼓浪屿很小，我和米兜避开旅游团，用脚丈量每一寸土地。

弯弯曲曲的小路两旁有很多美丽的别墅，但是因为无人居住，爬满了植物。

"米兜，这里像不像白雪公主住的城堡？"

"哇，像像像！"

"这里像不像王子的宫殿？"

"哇，也像！"

米兜没想到在现实中能看到童话中的房子，非常兴奋，忙着和"童话城堡"合影，我拿起相机不断地摁快门，成了她的个人摄影师。

这时，米兜突然很小心地问："我买一个小纪念品好吗？"

"为什么不可以呢？不过，我们要约法三章：纪念品要有当地的特色，必须是你真心喜欢的；必须用你自己的零花钱购买；最后，买完后要放在我的背包里，回家以前你不许玩！"

米兜歪着头想了想，略带疑惑地问我："为什么不准我玩啊？"

"因为妈妈不想让你光顾着玩手里的东西，以至于遗漏很多风景。记在脑子里的才是最好的！"这下，米兜仿佛有些明白了。

中午我们在小巷深处吃了一碗鱼丸，在著名的小教堂前拍照，又逛了很多卖珍珠的小店。

到了下午五点，米兜还意犹未尽，考虑到傍晚要去看海，第二天还要去南靖土楼，我就对米兜说："我们该走了，下次再来看童话好不好？"

米兜问："以后我们还会再来吗？"

"当然了，有很多地方值得我们故地重游，就像有很多事值得我们回忆一样。"

米兜似懂非懂地点点头，恋恋不舍地离开了鼓浪屿。

第一眼看到土楼，米兜就为它取了一个名字——神秘城堡。的确，造型独特的土楼散布在郁郁葱葱的山间，看起来神秘、沉静、纯朴；走进去，更惊叹其奇特的设计感。米兜开心地说，如果中国有哈利·波特，一定住在土楼里。为了把"神秘城堡"拷贝回家给爸爸看，米兜乐不知疲地指导我拍照。

　　晚上返回厦门，回到旅馆，米兜坐在床上翻看相机里的照片，一脸陶醉。

　　"妈妈，景色好美呀，就像走进了童话世界一样。"

　　"你现在明白了吧？美好的回忆比买一个文具盒做纪念更重要。记在心里、刻在心灵上的，才是最优美、最重要的！"

　　这时米兜才想起昨天超市里的一幕，不好意思地笑了。

最佳旅行时间：厦门是不折不扣的旅游城市，一年四季树木常青、鲜花盛开，春秋冬三季最适合旅游，气候宜人，海风习习。到了夏季，7—9月，是台风多发期，经常刮风下雨，即使天气晴朗，也是非常潮湿，这种天气，孩子很容易中暑。台风季节最好不要去厦门旅游，因为航班会受影响，很多景点也会关闭，出行不便。

推荐景点：对于一个在厦门待了三年的厦大人，首先推荐的就是厦门大学，人文气息与美丽景色相得益彰，芙蓉湖、情人谷、芙蓉隧道、鲁迅纪念馆、人类学历史博物馆都可以一逛，大学氛围对孩子是一种很好的熏陶，就算是米兜这样的小孩子，也依然会对其痴迷不已。厦门大学南门的南普陀寺是南方名刹，香火鼎盛，爬到后山顶，还可以俯瞰厦门大学。再者就是鼓浪屿和环海路，是接近大海的好去处。再远一点，就可以考虑厦门植物园和园博园。植物园有很多热带植物可以让孩子大饱眼福，而园博园更是博众园之长，拥有全国各地有代表性的建筑。如果时间充足，还可以去南靖土楼一游，离厦门有两个小时的车程，可以让孩子感受一下土楼厚重的历史感。

交通：厦门公交分为普通公交和快速公交两种。普通公交大多数是空调车，轮渡、厦门大学、火车站是主要的公交始发站，票价大部分在1元左右。厦门的快速公交速度很快。出租车起步价8元/3公里，超过3公里，每公里2元，超过8公里每公里加收50%空返费和3元燃油附加费。厦门岛比较小，在岛内乘坐出租车费用正常都在10~20元。厦门出租车服务较好，管理也比较正规。

去鼓浪屿一定要坐轮渡，每10分钟一班车，运行到凌晨12点，票价是8元往返。

住宿：厦门的旅游住宿条件很好，各种档次的酒店齐全，集中在火车站、中山路、厦门大学附近，曾厝垵则聚集了很多有特色的小客栈。厦门岛内比较小，考虑到交通、美食的因素，住在厦大附近比较好。如果想欣赏海景，建议住在鼓浪屿或曾厝垵附近。鼓浪屿一天时间就能游完，加上住宿又贵，不如选择曾厝垵的特色客栈、家庭旅馆。

我们选择住在厦大附近，就是为了晚上在校园里散散步，还可以步行到白城看海，夜晚的沙滩十分迷人，米兜十分喜欢。而且厦大的公交车可以直接到中山路步行街，在轮渡坐船可到鼓浪屿。

美食：到了厦门，当然要品尝海鲜了，不用去什么大酒店，海边大排档就有很多好味道，龙虾、鲍鱼、螃蟹、虾、螺、贝类都很鲜美可口。厦门小吃是最吸引米兜的，如蚵仔煎、沙茶面、烧仙草、土笋冻、鱼丸汤、花生汤、厦门馅饼等她都挨个儿尝了一遍。

黄则和花生汤是非常有名的餐饮连锁，主营小吃和点心，在中山路上逛街时，米兜在黄则和大快朵颐，吃得不亦乐乎。

购物：值得从厦门带的土特产主要是海产，如干贝、虾仁、鱿鱼丝等，大型超市都有卖；如果喜欢喝茶，可以选购几盒福建铁观音；再者是厦门素饼、花生酥，是喝茶时的美味点心，非常值得带回去几盒给家人品尝。这些东西不用着急买，因为火车站附近有沃尔玛超市，专门有土特产专区，物美价廉。

注意事项：来厦门旅游要避开节假日，因为人非常多，海滩用"下饺子"来形容毫不为过，公交车也几近瘫痪，这是我在厦门读书时亲自经历过的。非节假日来此旅游，因为有孩子，也要提前订好酒店，方便入住。再者，来厦门防晒工作要做好，即使冬季，中午太阳也是直射，要提前备好防晒霜和遮阳伞。海鲜并不是每个人都能吃的，尤其是孩子，肠胃比较虚弱，吃了海鲜可能会腹泻、呕吐，除了要准备药物外，还要让孩子有所节制，一次不要吃太多，慢慢适应。

47

这天，米兜差点走失（福州）

ZHETIANMIDOUCHADIANZOUSHI（FUZHOU）

厦门之旅愉快地结束了，本该打道回府了，但是一想来一次福建，不去福州还是有点可惜，不如再拿出一天时间去福州吧。

决定了，我就马上向在厦门的同学咨询去福州的大巴，确定时间和地点后直奔客运站。

晚上我们住在西湖公园附近，本来想去解放大桥，欣赏闽江两岸的夜景，但是坐大巴时米兜有点晕车，看起来蔫蔫儿的，我们就早点休息了。

米兜洗完澡很快进入梦乡，我查看了一下行程，决定借鉴网友推荐的"一日精华游"路线——福州西湖公园→三坊七巷→马尾港→罗星塔公园。著名的鼓山、青云山都去不了了，况且米兜还小，爬山不太适合她，等她长大了再带她去爬山。

第二天六点钟我就把米兜叫醒了，米兜没有睡够，很不情愿地起床。

早晨的空气十分清新，我们沿着环湖栈道散步，偶尔遇到晨练的人们。假山瀑布点缀成景，和杭州西湖比较起来更像一个小家碧玉，更加秀气。也许是米兜睡眠不足，也许是古代园林看多了，都十分相似，所以米兜没有那么感兴趣。

接着我们匆匆逛了禁烟亭和福州博物馆，然后到三坊七巷寻觅美食。

三坊七巷是福州南后街两旁，从北到南依次排列的十条坊巷的简称，实际就是三个大巷和七条小巷。清一色的仿古风，石板路、老字号的店铺，也有几分古韵。

这时也不是节假日，但是游人很多，人头攒动，很拥挤。一些小吃摊子前面都排了好长的队，想凑近看一看都得费尽周折。

人一多，米兜就显得不高兴，因为个子矮，她什么都看不到。我赶紧拉着她的手，走出游人密集的地方。

"妈妈，人好多，我饿了，咱们还是早点走吧。"

我赶紧安慰她："咱们先去逛逛小店，然后回来这里，也许就不用排队了。"

这里有很多小店，招牌都令人匪夷所思，似乎大有名堂，进去一看，不过是卖东西的店铺。甜品看起来不是那么美味，也没有品尝；艺术品小店挂的东西几乎都似曾相识，觉得也没有必要买各地都有的东西。

就这样漫无目的地走过几个巷子，渐渐觉得无趣了。

"都差不多嘛，也没什么好玩的。"米兜失望地说。

"没好玩的，我们就回去品尝美食吧！"我兴高采烈地"鼓动"米兜。

于是我们回到刚才小吃聚集的地方，一看很失望，排队买吃的人还是很多。我选择了一家看起来很火爆的，对米兜说："你在这里排队，我进去看看卖的是什么东西。"

也没听清米兜说了什么，我就急匆匆地钻进人群，七拐八弯地靠近小摊子。

走近一看，终于看清是一种大大圆圆的丸子，原来没见过，我大声问忙碌的伙计："这个是什么做的？"没人回答我。

算了，再换一家，万一不好吃呢。我打定主意回头找队伍里的米兜，这时我发现排队的人里面根本没有米兜。

我又仔细确认了一遍，还是没有米兜的身影，我一下子惊出一头汗，脑子中浮现出各种恐怖的想法——遇到坏人了？

我大脑一片空白，边走边喊着她的名字，一下子走出好几百米。走着

走着我停下了，大脑清醒了很多，米兜跟我去过很多地方旅行，从来都不乱跑，都是跟在我的后面的，而且我让她等在原地的时候她肯定会等的。

我慢慢冷静下来，回到让她排队的地方，四下张望，终于在队伍不远处的一棵榕树下看到了穿着粉红卫衣的米兜，好像跟一个中年女人说话。

我心里一松，跑过去，喊了一声"米兜"，一把抱住她。

米兜看到是我，委屈得都要哭了。

我先是一阵心酸，随即怒气就冲上来了，大声训斥她："你看你，为什么不听妈妈的话在那乖乖排队，到处乱跑，把我急死了！"

米兜愣愣地看着我，"哇"的一声哭了，抽泣着说："我、我……那时候……没听到你说什么……一转眼就，就看不见你了……"

旁边的中年女人说了句什么，我没在意，赶紧安慰米兜："好了，好了，没事了，是妈妈的不对，不该对你发脾气。"

米兜好不容易停下来，委屈地拽着我的手，一下也不松开。

"走吧，我们去人少的地方。"我拉着米兜离开了，走了一会儿就看

到了"永和鱼丸"的招牌。鱼丸可是来福州不得不吃的。

"饿了吧？我们吃鱼丸吧。"

米兜点点头。

坐下来，吃上鱼丸，喝着鲜美的鱼丸汤，米兜的情绪才慢慢调整过来。

我问她："找不到妈妈，怕不怕？"

"有点怕，但是我记得妈妈跟我说过在外边的时候不要乱跑，我想妈妈一定会回来找我的。"

"但是有一点你没记住——一个人的时候不能和陌生人说话。"

米兜不好意思地低下头，过了一会说："那个阿姨问我为什么一个人，我说妈妈在排队买吃的，让我在这里等。我没告诉她我找不到妈妈了。"

我松了一口气，米兜还挺机灵的。我提醒她说："我强调一下，以后你一个人的时候，不管陌生人说什么都不要回答，给你任何东西都不要接，遇到坏人要大声喊。"

米兜说："哦，我知道了，妈妈，对不起。"

看着米兜红红的眼睛，我心里也挺愧疚的，人多的时候我也会变得比较烦躁，做事情毛毛躁躁的。

"好孩子，妈妈这次也有很多做得不对的地方，不该让你一个人排队，也不该不问清就对你发脾气。"我真诚地向她道歉。

"妈妈，没关系。"米兜认真地回答。

下午我们去了马尾港和罗星塔公园。罗星塔公园风景优美，有许多历史遗迹，但是米兜还小，对那段历史不是太了解，体会并不深，以后值得我们旧地重游。

离开罗星塔公园我们就匆匆赶往机场。在飞机上，我想了很多。

带孩子出门旅行，真的有很多需要注意的地方，特别是去人多的地方。这次的事情虽然只是虚惊一场，但还是给了我一个教训。以后我不能轻易让米兜离开视线太久，还要给她讲更多的安全常识。

自助旅行家手册

最佳旅行时间：福州3—4月是春雨期，早晚温差较大，容易感冒；5—6月进入梅雨期，降雨频繁，非常潮湿，带着孩子出游不便；暑假期间正好为台风季，台风一来，很多公共设施关闭，交通路线停运，不适宜旅行。福州旅游的最佳季节是秋冬，就是10月至第二年的2月，阳光明媚，气候适宜，非常适合北方的游客。

推荐景点：福州历史悠久，充满人文怀旧气息，又有美丽的自然风光，适合小住几天，尽情游玩。三坊七巷，适合观赏唐宋时期的巷坊格局与明清时期的古建筑，还能在附近的美食街品尝福州美食。在西禅古寺，可以领略唐朝庙宇的巍峨壮观。鼓山，在清翠之间寻访隐秘玄妙的山中古刹——涌泉寺。在西湖公园，可以领略有一千多年历史的古代园林。如果你想体验大自然，就去福州国家森林公园，感受这里天然氧吧的生机与活力。

交通：福州的公共交通十分发达，无论远近，均为一票制，全年均为1元，要准备好零钱。当然也可办理榕城一卡通，0.9元/次，免去找零钱的麻烦。如果是短期游玩，就没有必要办理榕城一卡通了，因为退卡不方便。福州的出租车起步价10元/3公里，超过3公里后每公里为2元，超8公里以上加收空驶费每公里1元。福州的出租车管理十分严格，上车打表值得信赖，而且也不贵，适合带着孩子游玩的游客。

住宿：福州作为福建省的省会，住宿业十分发达，市内遍布众多不同档次的宾馆、酒店，住宿区域分为温泉公园附近、五一广场附近、西湖公园附近、火车站附近、城东附近。你要根据自己游玩的地点和可接受的价位，选择住在哪个区域。温泉公园附近位于福州市的中心地带，也是重要的政治、商业区，多以水为主题的景区。西湖公园附近有很多公园和政府机关，环境优美。

美食：福州的名菜有佛跳墙、荔枝肉、红糟醉香鸡、八宝书包鱼、鸡茸鱼

54

唇、琵琶虾等，品尝这些传统名菜一般可以到聚春园。福州的特色小吃也非常接地气，适合在旅游观光之余品尝，如鱼丸、芋泥、锅边糊、芋果、九层果、光饼、肉松、葱肉饼、燕皮、线面、春卷等。品尝小吃可以去榕城美食街，位于台江瀛洲路，北临五一南路，南接台江步行街，全长300米，荟萃了榕城各色风味美食和经典闽菜。

购物：福州当地盛产多种土特产品，有软木画、寿山石雕、玉雕、牙雕等，但是如果不太懂行，又没有专业人士跟随，还是不要贸然出手。福州的角梳、肉松、福果久负盛名，十分畅销，是不错的旅游纪念品。福州的大商场和大型购物中心主要集中在东街口、宝龙城市广场一带，此外还有五四路、五一路、台江路小商品及特色旧货市场，在这些地方都可以买到福州土特产。

注意事项：假如春雨期和梅雨期去福州旅游，一定要携带雨具，还要多准备几件衣服，及时增减衣物，以防感冒。暑假期间带着孩子游福州，容易遭遇极端天气，假如台风过境，一定避免外出，最好待在房间里，直到台风警报解除。

跟老外学英语对话（桂林）

GENLAOWAIXUEYINGYUDUIHUA（GUILIN）

去桂林没有计划太久，是临时产生的想法。

一到冬季，北方的雾霾来势汹汹，连续几天都暗无天日，心情也变得十分糟糕。于是旅行的念头又"蠢蠢欲动"了，正好米兜学校因为雾霾停课了，再带上米兜爸爸，完美的全家旅行。

米兜爸爸受邀，当然十分乐意了，一想最近单位也不太忙，完全可行。全家人一起讨论，最后敲定去桂林——桂林山水甲天下，确实是好地方，我们都表示同意，剩下的事情就交给米兜爸爸了。

第二天收拾行李，第三天坐飞机直飞桂林。

说实话，桂林的空气太好了，一呼吸有种凉丝丝的感觉。北方草木凋零，这里还是郁郁葱葱，而且街边有很多银杏树，叶子一片金黄，十分美丽。

我们先去了象山公园，又找到尚水美食街，吃了最有名的崇善米粉，还顺便品尝了网友推荐的牛杂汤和海苔饼，晚上逛了两江四湖。夜晚的两江四湖非常迷人，环绕桂林城，日月双塔灯光璀璨，让人不由羡慕起桂林的市民。

第二天我们就乘大巴到达阳朔——桂林山水最美的地方。阳朔在一年的大部分时间都是游客爆满，除了这个季节。住宿的地方很容易找，在街上散步也比较闲适。

品尝了大名鼎鼎的漓江啤酒鱼，体验了遇龙河漂流，晚上我们一家三

口到西街闲逛。

西街是阳朔的一条特色街道，有美食、特色工艺品、酒吧、饮品店，店名都很有特色，路边还有歌手唱歌，带着浓厚的小资风情。现在这个时节，游人并不是太多。我们呼吸着凉丝丝的空气，一边走一边拍照，感觉很惬意。这时，米兜忽然拉我俯下身，在我耳边说："妈妈，这里有好多外国人呢！"

孩子的观察力还真是敏锐。我仔细一看，确实，西街来往的行人中，有三分之一高鼻深目的外国人，可能这个时候对于中国人来说是淡季，但是对于外国人来说就不算了，他们不受节假日的限制，纷纷来感受"桂林山水甲天下"。

后来我们进去一个叫"芒果多"的小铺子喝饮料，发现邻桌就是两位金发美女。

米兜小声说："妈妈，你看！"

我用眼神制止她："妈妈不是跟你说过吗？不要对人指手画脚，特别是在街上看到外国朋友。"

米兜辩解道："我不是指手画脚，我想——"

"说话干吗吞吞吐吐的？"

米兜咬了咬嘴唇，好像下定了很大的决心，说："妈妈，我可不可以过去打招呼，用上我学的英语？"

我很惊讶——小丫头跟我去了这么多地方，胆量果然越来越大了，原来在幼儿园上台表演节目都害怕，现在竟然会提出这样的请求。能锻炼英语对话能力当然好，但是万一交流不顺畅，使她失去学习英语的自信怎么办？

所以我担忧地说："你学的单词就那几个，能交流吗？"

"我想试试，而且说不准她们还能教我几个英语单词呢。"米兜自信地说。

米兜爸爸在旁边说："让米兜去吧，锻炼一下口语，也可以锻炼一下胆量呀。我相信咱们米兜肯定行！"

我想了想，说："好吧——但是，你要答应我，人家说的你听不懂或者自己不会说可不能失去信心，你还小，以后也能学好。再者，要有礼貌哦！"

米兜开心地说："我答应你，放心吧。"

米兜大胆地走过去，站在两个女孩的桌子边，两个女孩看到眼前长相甜美的小姑娘，立即露出友善的笑容。接着是片刻的沉默，因为双方都显得有点害羞。

我在心里暗暗为米兜加油——好孩子，大胆地说吧。

终于，米兜大胆地说了第一句话："hi——"说完以后她满脸通红。

其中一个女孩赶忙回了一句："hi——"

金发女孩问米兜："what's your name？"米兜听懂了，认真地回答了。接着她们说了什么我听不太清楚了，米兜还指着我们的方向，两个女孩看过来，对我们点头示意。

不一会，两个女孩邀米兜坐下来，双方就热聊起来，米兜还不停地用手比划着。一个女孩还拿出笔在便签本上画了什么，让米兜看，米兜连连点头。

看来懂得怎样与人交流，即使交流语言并不是那么熟练，只要有话题，眼神和手势都能用上。

后来我提醒米兜该走了，米兜才依依不舍地和两个姐姐告别。

晚上回到客栈，我问她："感觉怎么样？"

"有的单词我没学过，不懂什么意思，但是我知道她们的名字了，一个是妮维雅，一个是倩倩。"

"那个外国姐姐在本子上画了什么，你连连点头？"

"那个姐姐好像是问我是不是去漂流了，我听不懂，她画图让我看。"

"哈哈，你胆子真大，我小时候不会英语，到了高中学习英语也不敢讲，你真棒！"爸爸夸奖了她。

随口一句夸奖就能让孩子兴奋起来。"妈妈，给我手机，我想查几个单词，明天再遇到那两个姐姐，我还要主动打招呼。"

求知欲这么旺盛，完全不是被催着写作业的样子了。

在阳朔的几天，米兜表现得都很积极，尤其愿意帮助外国背包客。米兜有时能用上自己学的几个英语单词，有时她听不懂对方的意思，就猜，但是完全不妨碍交流。

她帮助一个外国叔叔买铁板豆腐，外国叔叔教给她"豆腐"的单词"tofu"、"柚子"的单词"pomelo"、芒果的单词"mango"……在街上遇到这些东西，米兜便不厌其烦地反复练习这几个单词。到我们离开阳朔时，米兜已经记得滚瓜烂熟了。

孩子对新知识的接受能力和交流能力比我们想象得强多了，特别是我们可爱的米兜，在一次次的旅行中锻炼了胆量，连外国人都敢主动打招呼。

而且，旅行结束后，米兜对英语学习的兴趣一点都没减少，还受到老师的表扬。这次旅行的收获真让我们感到惊喜。

自助旅行家手册

最佳旅行时间： 桂林的4—10月气候适宜，是游玩的最好时节，特别是"十一"黄金周是旅游旺季，游客爆满。4月可以看到水汪汪的龙脊梯田，中秋之夜的象鼻山有"漓江双月"的美景。春、冬两季虽处于旅游淡季，但也有很多美景可以欣赏，加上游客比较少，住宿很实惠，到遇龙河漂流满眼都是美景。

推荐景点： 桂林属典型的"喀斯特"岩溶地貌，市内有很多石灰岩经亿万年的风化侵蚀，形成山水环绕的美丽景观，桂林城值得一去的有象鼻山、独秀峰、七星岩、芦笛岩、明代王城等，夜里一定要游一游两江四湖。桂林山水，阳朔为最，有著名的西街，很有小资情调；有遇龙河、兴坪渔村等景观。除了去阳朔看山水，还可以去观赏龙脊梯田，十分震撼。

交通：桂林市区的公交十分方便，可到达市区的每个角落。公交车基本上都是无人售票，票价1元，要提前准备好零钱。另外，桂林有8条免费公交线路，可到达市区的各大景点、景区及主要街区，是桂林的一大特色，比如51路到桂林站，52路到七星公园。桂林的出租车起步价7元/2公里，超2公里后每公里2.4元，另需燃油附加费1元。个人认为在桂林乘出租车的机会较少，因为市区较小，坐公交车就足够了。到了阳朔一定要租自行车游玩，骑自行车走一走九马画山，一般客栈、宾馆外面都有自行车出租，不收押金。

住宿：作为国内重要的旅游城市，桂林的酒店业十分发达，价格分为平季与旺季两个价格档次。旺季游桂林，特别是国庆节期间，起码要提前一个月预订，不然临时肯定找不到住的地方。在桂林市区，火车站和王城是两大住宿区，住在王城附近，可以就近游览两江四湖，衣食住行都非常方便。到了阳朔，首选西街附近的特色客栈，不会很贵，但是在旺季还是提前预订较好。

美食：到了桂林不得不吃桂林米粉，米粉是按照"两"算钱的，骨头汤随便放，分为生菜粉、牛腩粉、三鲜粉、原汤粉、卤菜粉、酸辣粉、马肉米粉等几种，最有名的米粉就是崇善米粉和日头火米粉，很正宗。到了阳朔要品尝非常美味的漓江啤酒鱼，选用漓江特产的毛骨鱼，鲜美细滑，让很多名人都赞不绝口。

购物：桂林有很多著名的土特产，比如沙田柚、荔浦芋、罗汉果、桂花酱等。比较有名的有三花酒、腐乳、辣椒酱，被称为"桂林三宝"，如果你喜欢工艺品，可以选购一些桂绣、手绘式屏、竹木雕刻、壮锦背包等小物件，可以自己收藏，也可以送人。

注意事项：夏天带着孩子去桂林，除了夏装最好带件长袖，既可以防晒又可以抵抗寒气，因为有水的地方比较多，晚上风很凉，还要准备好风油精对付蚊虫叮咬。带着孩子乘坐竹筏，安全第一，出发前要和船夫谈好价格，要给孩子穿好救生衣，手机、相机装好，不然走到水流急的地方，很有可能掉进水里。

结识玩沙的小伙伴（三亚）

每当春节来临，去哪里过节就成了我们家的讨论话题，讨论来讨论去，不过是两个选择——米兜奶奶家或米兜姥姥家。

一放寒假，我就下定决心，这个春节要换个过法——去三亚旅行，平息一下一直以来的矛盾。但是春节期间，机票和客房都非常紧张，最后决定春节后去三亚。

都说去三亚玩，往酒店也是一种玩法，海边很多度假酒店都有自己的专属沙滩，景色优美，绝对是一种享受。米兜爸爸订了一家亚龙湾附近比较"贵"的度假酒店——比我们平时住的贵好多倍。

原来我带米兜自由行，基本上选择相对实惠、离景点近的快捷酒店，这次看来要奢侈一把了。

定好行程，我们心情忐忑地度过了春节——好期待三亚之旅。

贵有贵的好处，预订了接机服务，一下飞机就有酒店的人把我们接到酒店入住。

更幸运的是，我们订的标间被酒店分配给旅行团了，酒店免费给我们升级成了海景房。"啊——在房间就能看到大海，太棒了。"米兜高兴得跳起来。

又幸运又顺利，三亚之行有一个好的开始。

　　海景房真的是太棒了，站在阳台就可以看见美丽的亚龙湾。亚龙湾的公共沙滩上确实人很多，一把伞挨着一把伞，相比而言，酒店的专属沙滩人就少多了。

　　米兜着急去沙滩玩沙子，但是我们饥肠辘辘，赶紧去酒店餐厅用午餐。这类酒店的午餐有一个特点——"死贵"，而且味道也不是太好。吃完午饭，我们决定以后午餐要不出去找食吃，要不用方便食品解决。

　　下午两三点，太阳很晒，阳光下的亚龙湾海水非常蓝，蓝得深邃、优雅，我总忍不住一看再看，一通狂拍。

　　而米兜爸爸和米兜早就不管我了，兴奋地玩起了沙子。

　　把米兜爸爸用沙子埋起来，只留下头部；用沙子堆一个城堡，挖几条水渠，捧一把海水灌溉水渠……米兜玩得不亦乐乎。

不一会儿就过来一个小女孩，好奇地看米兜的"杰作"。

小女孩看了一会儿，拿了两个贝壳插在"城堡"上做窗户，还帮米兜从不远处运海水。两个人一起玩了起来。我觉得那种情景非常美，赶紧摁下快门为她们拍照。

看着孩子们玩在一起，我们大人也不由自主地打了个招呼，坐在太阳伞下闲聊起来，米兜爸爸还邀请对方一起喝啤酒。

小女孩叫琳琳，比米兜小一岁，他们也是一家三口过来旅游的。

我们交流了对餐厅午餐的看法，都觉得又难吃又贵，相约晚饭一起去第一市场吃海鲜。因为孩子年纪差不多，彼此比较信赖，两个爸爸还交换了房间号。

一会米兜和琳琳手拉手跑过来，米兜高兴地说："妈妈，琳琳邀请我待会去他们房间玩，可以吗？"

"当然可以了，你也可以邀请琳琳来咱们房间玩呀。"

两个小姑娘看看彼此，甜甜地笑了。

孩子们的友谊也把两家大人联系在一起。玩完沙子，我陪着米兜去琳琳的房间，又邀请琳琳妈妈和琳琳来我们房间。到了六点钟，大家都饿了，一起去第一市场品尝海鲜。

光在网上看到第一市场非常火爆，真没想到有这么多人。

市场里人山人海，不仅有最新鲜的海鲜，还有遮阳帽、沙滩裙等各种服饰。我们拉着孩子走了几步就走不动了，米兜一向不喜欢这种地方，她说"看到的全是腿"，大概琳琳也有同感。

于是我们商量，妈妈们在市场边带着孩子等，爸爸们进去挑选海鲜。

没用多长时间，两个爸爸就拎着黑袋子出来了，后边还跟着一个拿卡片的小妹。

原来两个爸爸定下去这家店加工海鲜，小妹帮助挑选海鲜。

我们买了和乐蟹、小鲍鱼、海胆、两种螺、扇贝，一共才花了100元，到了店里一算加工费是80元，两家正好一家90元。

那一餐称得上是海鲜大餐了，很美味，我们吃得都很饱。

因为第二天两家的行程不一样，就不能在一起玩了，米兜和琳琳都挺失望的，在酒店大堂依依不舍地分别，还交换了QQ号（唉，这么小的孩子都有QQ号了）。

回到房间，米兜还有些闷闷不乐，问我：“我们明天可不可以和琳琳家一起玩呀？我还要和琳琳多待一段时间。”

我为难地说：“不行，我们的安排和琳琳家的安排不一样，我们不能在一起玩了。”

米兜不高兴了，噘着嘴说：“那你把我们明天的行程重新安排一下不就行了？”

我有点生气：“明天琳琳家去的地方我不想去！”

米兜大声说：“妈妈什么事都安排好，根本不听我和爸爸的意见，妈妈就是独裁。”

米兜爸爸训斥她：“你怎么这样说你妈妈？”我也没想到米兜会这样想，我强压着自己心中的怒气，不去理会她。一个孩子怎么会明白，每个家庭都有自己的独立空间和生活方式，偶尔一起玩会建立友谊，经常一起玩也会给对方造成困扰。

房间里很静，我们谁也没有说话。过了一会儿，米兜爸爸小声提醒米兜向我道歉。米兜扭扭捏捏地蹭到我身边，小声地说：“妈妈，对不起，我惹你生气了。”

我叹了一口气，说：“你很喜欢和琳琳玩，但是琳琳的爸爸妈妈有自己的安排，也许他们喜欢单独玩，也许还有别的计划，我们贸然提出和人家一起玩，人家即使不好意思拒绝，我们也会给人家添麻烦的。这个你想过吗？”

米兜迷惘地摇摇头：“我没想这么多，要是给琳琳家添麻烦就算了。”

我安慰她说：“回家以后可以加琳琳QQ呀，你们还可以在网上交流照

片。好朋友不一定非得天天在一起玩。不然你现在给琳琳打个电话？”

“可以吗？”

“当然了。”

于是在睡前米兜给琳琳打了一个电话，跟琳琳说晚安，并祝琳琳明天玩得愉快。打完电话，米兜的失落情绪才缓解了一些，与爸爸商量明天去哪里吃早饭。

有聚就有散，大部分人都是你生命中的过客，孩子，我希望你明白这样的道理。

　　最佳旅行时间：三亚四季变化不大，是冬季的避寒胜地，一年四季都适合旅游，而且特别适合全家人亲子游。最佳旅游时间是每年9月到来年3月，北方渐渐寒冷，而三亚却温暖怡人。冬季，是来三亚海滨旅游的最好时节，全家人一起来度假，穿着夏装、沙滩鞋在阳光充沛的海滩悠闲漫步，或者在暖暖的海水里游几个来回，品尝热带水果和海鲜，浪漫又惬意。

推荐景点：三亚最有名的是亚龙湾、大东海、三亚湾三大海滨，海清沙白，非常适合游泳玩沙。除了海滨，还可以去南山佛教文化旅游区，欣赏以佛教文化为主题的雕塑精品；去天涯海角听涛，到鹿回头山顶公园感受"鹿回头"美丽的爱情。另外，蜈支洲岛号称中国的"马尔代夫"，是潜水胜地。亚龙湾国家森林公园，会让你体验到不一样的热带风情。

交通：三亚市内有10多条公交线路，运营时间基本在早6点到晚11点左右。私营的专线中巴也很多，路边经常能看到候车亭，花几元钱就可以到景区。三亚有两条往返的旅游专线，一条是亚龙湾到天涯海角景区的往返线路，另一条是亚龙湾到大小洞天景区的往返线路，很多景点坐旅游专线就能到达。三亚的出租车起步价为8元/2公里，2公里后每公里2元，超出10公里以上加收回程空驶费每公里1元。

住宿：作为"被上帝宠坏的地方"，三亚的旅游业非常发达，住宿也比其他城市偏贵，但是选择的余地还是比较大的。条件允许，可以住在亚龙湾区域，因为这里有最美的海洋、沙滩、阳光。想看海，大东海和三亚湾附近海域也是不错的选择，这里综合性价比高。

很多人都说来三亚，住酒店也是一种玩法。我深有同感，我们住在亚龙湾，住宿就是一种享受，虽然价格比较高，但是比较值的。

美食：第一市场是三亚的海鲜集散地，每天都人山人海，海鲜价格实惠，而且非常新鲜。游客们通常会先到海鲜市场挑选，然后再找一家大排档加工；或者让店家帮助采买海鲜，再进行加工。来三亚，椰子汁也值得品尝，椰汁清甜，椰肉鲜美，每个6元钱左右，很是清凉解渴。最受欢迎的早餐就是抱罗粉了，有的店铺看起来很破旧，但是粉的味道很好，一定要去品尝一下。

购物：三亚南珠极负盛名，可制成各种高中低档珍珠饰品，有项链、耳坠、胸花、戒指等，还有养颜美容的珍珠粉，都可以作为伴手礼带回家。推荐去的珍珠购买地有海润珍珠科学馆、三亚珍珠养殖场等。三亚羊栏水晶矿的水晶优质天然，这些水晶加工的饰品可以选购一些，一般去三亚水晶厂、昌园水晶馆购买。如果海鲜没有吃够，就买点三亚当地的海产干货，我带回来的虾球熬汤非常鲜美，家人赞不绝口。

注意事项：三亚气候炎热、日照时间长，防晒霜、太阳伞、太阳镜都是必备的，出门还要多装几瓶水，避免中暑。孩子肠胃娇嫩，注意不要吃开过刀的水果，因为水果打开后在高温环境下会滋生细菌；海鲜和热带水果都属于凉性的食物，不要暴饮暴食。

你能分清牡丹和芍药吗（洛阳）

NINENGFENQINGMUDANHESHAOYAOMA（LUOYANG）

　　要去洛阳玩，简直就是"一时冲动"。五一黄金周，米兜爸爸加班，我本来打算避开出游高峰窝在家里，但是看了一本旅行摄影的书，又开始"蠢蠢欲动"，想去洛阳看牡丹花。

　　米兜爸爸提醒我牡丹花期都过了，但是我还心存侥幸，米兜也非常想看牡丹。

　　火车票当时已经买不到了，但是我们幸运地找到一辆顺风车，可以把我和米兜捎到洛阳。

　　牡丹的花期是不是真的过了？会不会让米兜失望？我一路忐忑，十二点多到达洛阳。

　　把东西放到酒店，我们在附近一家不起眼的洛阳面馆吃了锅贴和浆面条，之后就乘公交去国际牡丹园。

　　洛阳牡丹甲天下，花开时节动京城。洛阳市内有很多牡丹园，但是国际牡丹园是最大的且品种最全的，花期也比市区内的牡丹花期稍微晚一点，大概不会让我们失望。

　　一进院，我的心落下一半。

　　远远望去，花团锦簇，赏花游园的人有很多，看来花期还没过，我心中一阵狂喜。

走近仔细一看，还是有很多花已经开败了，再晚一点来真的就看不到牡丹花了。

米兜没有我观察得那么仔细，一看到花就喜欢得不得了，摆起各种姿势让我拍照。

牡丹真是国色天香，把米兜也衬托成了一朵花。

"前面还有很多珍贵的品种，我们赶紧过去看。"我提醒了米兜。

我俩继续往前走，看到的牡丹粉、红、紫较多，也看到了黄色和罕见的绿色牡丹，虽然这里的牡丹已经开了十几天了，但是观赏价值还是很高的。

米兜连连问我为什么绿色和黑色的花稀有，这个大概和光合作用有关，但是我具体也说不上来，于是老老实实承认："妈妈生物学得不是太好，也给不了你准确的解释，不过等你上中学了，肯定就明白其中的道理了。"

"那我回去先问问爸爸……"

爸爸在女儿心目中真是万能的，一点不错呢。

最后我们去了芍药园。芍药花期比牡丹晚一些，此时正到了盛开的时节，还有很多含苞待放的花骨朵。我们来得正是时候！

我原来一直弄不清牡丹和芍药的区别，想用这个问题考考米兜。

"米兜，刚才看过了牡丹，现在看到的是芍药，你能看出它们的区别吗？"

一有问题，米兜就精神了，她认认真真地观察起芍药来，一会儿说："妈妈，我们回去看看牡丹吧，我忘记牡丹什么样了。"

于是我们又原路返回，观察前面看过的牡丹。

刚才也是粗略观赏，其实我也没有认真观察牡丹，正好趁这个机会认真观察一番，我特别注重细节——第一条：牡丹花比芍药花要大，牡丹花枝比芍药花枝矮。这个米兜肯定也能发现。第二条，两者叶子的形状和颜色不一样。这点米兜不一定能发现。

"米兜，看出差别了吗？"

米兜不吭声，又急匆匆拉着我："走，我们再去看芍药。"

到了芍药园，米兜表现出一副恍然大悟的样子，说："牡丹花比芍药花大；牡丹花开在顶上，芍药花开在中间。"

米兜说得还是挺有道理的，我不由地伸出大拇指夸奖她："你的观察能力太棒了，妈妈没有注意花朵的位置。你再观察观察，看看有没有别的区别？"

米兜想了想，摇头说："没发现别的。"

我启发她："观察事物要观察整体，比如牡丹花除了花以外还有茎和叶，你都认真观察了吗？"

米兜恍然大悟地说："对，我没有观察叶子，我要好好看看。"

先看了芍药，又拉着我看牡丹。然后兴奋地拍手说："叶子不一样，牡丹叶子宽，芍药叶子窄，而且芍药叶子的颜色比牡丹叶子深——妈妈，我说得对吧？"

"米兜真棒，观察得真仔细。不过一开始也看了牡丹和芍药，你为什么没说出两者的区别呢？"

米兜认真地说："因为我没有好好观察，还因为我观察得不够全面。"

"以后写观察作文，米兜肯定写得很好。"我自豪地说。

被表扬后，米兜显得很兴奋："妈妈，你拍一张牡丹的特写，再拍张芍药的特写，回家让爸爸区分，你说爸爸能分清吗？"

"不一定哦，米兜的观察能力也许比你爸爸更强呢。"

观赏完牡丹，我们就打车到丽景门品尝有名的洛阳水席。我们两个人当然吃不完全席了，店家给我们推荐了四个菜的组合，权当品尝。

吃完饭，我就在网上搜牡丹和芍药的区别，竟然全被我俩说中了，不过最重要的一点是"牡丹是木本植物，芍药是草本植物"。

米兜问是什么意思，我就解释说："很简单，牡丹是树，芍药是草。"

也不知我说得对不对，反正和米兜在一起，我也学了不少知识。

晚上回到酒店，我建议米兜写一篇观察日记，写一写牡丹和芍药的区别，米兜爽快地答应了，并且写得非常有条理。写作源于生活，我明确地感觉到，带米兜旅行以来，米兜的观察能力、交流能力、写作能力都得到了提高。不虚此行，我感到很欣慰。

第二天的行程是参观龙门石窟。龙门石窟历史悠久，现存窟龛2 000多个，佛像10万余尊。尊尊石佛都是精雕细刻，在背后精美花环图案的衬映下，显得出神入化、栩栩如生。我看过感觉非常震撼，但是米兜对宗教不怎么懂，也不太感兴趣，拍照的时候也不是太热情。

看来，女孩真是花变成的，那么爱花。如果错过了花期，我们就看不到惊艳的牡丹了；如果错过了花期，米兜就不会分清牡丹和芍药，也不会学到那么多知识了。这次旅行如果只看龙门石窟，对她来说还真的有点乏味呢。幸运的是，"牡丹仙子"没有让我们失望……

最佳旅行时间： 洛阳一年四季分明，每年的四五月份，是牡丹赏花期，洛阳城的牡丹花争奇斗艳，十分美丽。到了秋季，洛阳秋高气爽，温度适宜，是旅游的最佳时间，可以登山赏菊。如果要看龙门石窟，又想避开旅游高峰，其他时间来洛阳也有不错的体验。

推荐景点： 牡丹号称"百花之王"，很多人来洛阳就是为了赏牡丹。市内有很多牡丹园，有些雷同，就近选择一个就可以了。龙门石窟是国家5A级景区，是来洛阳必去的一个景点。这里有北魏时期的佛像10万多尊，佛窟2 000余个，是古代宗教艺术的精品典范。一定要带孩子去看一看雄伟壮阔的黄河小浪底，那里的自然人文景点多达60余处，是我国北方少有的山水景观。白马寺是中国第一古刹，建于东汉，山门前的真马是宋代工匠的雕刻作品。想爬山的话，城郊白云山也是一个好去处。

交通： 洛阳市内的公交车有无人售票车和投币车两种，票价有1元、1.5元两种，都要提前备好零钱。市内很多景点公交都到，可以不用乘坐出租车，出行前可以查一下公交路线。洛阳市内出租车起步6元，超出2.5公里后加收费用，车型不同略有差别。总的来说，洛阳市区不大，打车费用不高，花20元可以走遍大半个城市。

住宿： 洛阳城区范围不是太大，酒店服务业很到位，新老城区都有各种档次的酒店宾馆，价格比一线大城市便宜很多。老城区是洛阳最早建成的城区。如果你想品味洛阳的历史文化，可以选择住在这里，晚上出去小逛、品尝地道的洛阳美食。西工区位于洛阳市中心，是全市的经济、文化、金融和商贸中心，购物非常方便，也可以选择住在这个区域。值得注意的是，一到牡丹赏花期，洛阳的住宿价格会翻倍涨价，三星级宾馆一般在400元以上，豪华酒店在800～1 000元，房间也会紧张，所以一定要提前预订。

美食: 洛阳饮食历史悠久，有出身宫廷的洛阳燕菜，也有平常人家喜欢的鲤鱼跃龙门。来到洛阳，必须品尝的是洛阳水席。全席共24道菜，主菜以汤菜为主，吃一道换一道，如流水一样，因此得名。一般人吃不了那么多，也可以单点，也可以4主菜组合、6主菜组合。我和米兜吃的就是4主菜组合，很好吃。洛阳街头的风味小吃，如不翻汤、胡辣汤、牛肉汤、锅贴等，也值得品尝，一般都非常实惠。

购物: 洛阳的工艺品有著名的唐三彩和洛绣，都历史悠久，具有收藏价值，是洛阳传统的工艺品，已有2 000多年的历史。在洛阳的旅游购物地点，主要有丽景门和新都汇两处，在丽景门可以买到许多传统的洛阳土产，是文化旅游的特色街。新都汇则是现代时尚的标志，很适合年轻人逛逛吃吃。

注意事项: 洛阳四季分明，冬季寒冷，要注意防寒，需穿羽绒服；春季干旱多风，最好戴纱巾，给孩子准备一项帽子。如果是在4月来洛阳观赏牡丹花，气候适宜，但要提前预订酒店，不然带着孩子找酒店就麻烦了。在白马寺、龙门石窟等景区，经常看见有兜售珍珠、项链、茶叶之类商品的小贩，这类商品最好还是不要购买。

在武汉大学迷路了（武汉）

ZAIWUHANDAXUEMILULE（WUHAN）

　　说到武汉，就让人想起武汉大学的樱花，但是我们去的时候是暑假，不是樱花的花季。没办法，谁让我和米兜一到暑假时间就这么多呢。但是暑假期间的武汉大学，据说还有荷花可以欣赏。

　　去武汉，还要看黄鹤楼、武汉长江大桥、东湖，必定还要尝一尝武汉的名吃——热干面。

　　决定了就出发，我和米兜已经习惯了"说走就走"的生活。武汉，我们来了！

　　武汉横跨长江极其支流，形成武昌、汉阳、汉口三镇鼎立的格局。我想去的几个地方集中在武昌，汉阳和汉口也有值得游玩的地方，但是没有做详细计划，一切等到了武汉再决定。

　　第一站是武汉大学。中午入住酒店，本来打算吃东西，但是吃的飞机餐还没有消化，米兜说不饿，所以我们就直奔武汉大学。

　　我们住的地方离武汉大学很近，就选择步行过去，顺便了解一下武汉的风土人情。但是走近武大，怎么也找不到校门，原来武汉大学的正门因为施工封闭了，只能改道选择其他的门。

　　一路走一路问，终于找到一个门口进入武汉大学。

　　武汉大学濒临东湖，环抱珞珈山，校园内绿树成荫，一进校门能见到

中西合璧的建筑群，既古朴典雅又巍峨壮观。

很多建筑依山而建，曲径通幽，有的很像童话里的城堡。

这可乐坏了米兜，她又开始发挥自己的想象力，把自己想象成生活在这些城堡里的公主、大家闺秀，还不停地让我给她拍照。

走着走着我无意中发现了"樱花大道"，此时虽然没有樱花，但是站在樱顶俯视樱花大道，一想到春季赏樱盛况，还是无限神往。

从樱顶上另辟蹊径，一路往下走，也不知是什么路，也不知走到哪里。

只是感觉武汉大学太大了，我们一边欣赏美丽的老建筑，一边拍照，好像走了好久好久，走得不知道东西南北，也不知道自己所处的地方是哪里了。

太阳慢慢西斜，在层层叠叠的绿色中感受到一丝丝凉爽，正当我神游天外之时，肚子不合时宜地叫了起来。我这才想到，我们没吃午饭，纯粹逛了一下午呀。

我不好意思地看看旁边的米兜："宝贝，饿不饿？"

米兜似乎很累，只是点点头。

"我们马上去找吃的地方。妈妈没有想到武大这么大，明天我们可以过来继续逛。"说着拉起米兜的手往前走。

但是离开的路是哪条呢？我们没有原路返回，山上的路不时出现岔路口，我们随心所欲地走，不知道走到哪里了。我意识到我们迷路了。

米兜看着我的样子，担忧地说："妈妈，是不是迷路了？"

"哦，好像是，没关系，我们问问路。"我看到一个男生，赶紧上前打听离开的路。

他告诉我最近的门口要从这往下朝左走，看到什么往哪里拐，到了图书馆巴士站等巴士……我听得云山雾罩，完全不得要领，但还是点点头，米兜非常甜美地说："谢谢叔叔！"

这个男生大概还没有被人称作"叔叔"过，不好意思地挠挠头走了。

硬着头皮走吧，谁让我没有提前准备校园地图呢，自作自受。

我和米兜七拐八拐，凭着感觉，又向遇到的学生打听，中间又走了几次冤枉路，当看到我泄气时，米兜还安慰我："没关系妈妈，肯定一会就找到路了。"米兜的表现让我欣慰，我们顾不上看风景了，就想赶紧找到

正确的路。

经过两人齐心合力的努力，我们一步步接近目的地。

当看到暮色中的图书馆，我心里一阵欢呼——太漂亮了！太有感觉了！比网上看到的图片美得多。太阳落山时的霞光为它镀上了一层神秘的色彩，它显得那么优雅、沉静，仿佛在诉说着古老的故事。

不愧为"中国大学校园建筑的佳作与典范"，这是我见过的最美的大学图书馆。

本来还想去看珞珈山腰东南英式乡间别墅风格的建筑，只是事先没有做好准备，没有吃午饭，加上迷路，只能放弃了。

这是和米兜自由行以来遭遇的第一次迷路的经历，没想到米兜表现得

那么好，看她饿得有气无力，顾不上表扬她，赶紧打车到有名的户部巷吃晚饭。

户部巷是武汉最有名的小吃街，号称"汉味小吃第一巷"，是一条长150米的百年老巷，其繁华的早点摊群几十年经久不衰。晚上来到这里，果然热闹。窄窄的小巷中，挤满了人。

最终选择了林记热干面，我和米兜饥肠辘辘，边等边欣赏做面的过程——把半熟的面条捞起来拌油摊晾，吃时再在开水内滚烫几下，沥水，加上芝麻酱、虾米、葱花、酱萝卜丁儿、小麻油和醋等佐料拌匀。

看的过程也是酝酿的过程，一下子感觉好饿好饿。端起老板递过来的热干面，一闻香味就觉得要醉了，一尝非常有嚼头。

吃上了美食，我和米兜的心才落下来，开始交流在武汉大学迷路的感受。

我进行了自我检讨："对不起，这次是我疏忽大意，没有提前做好准备，以至于迷路。不过这次你的表现让妈妈大吃一惊哟，饿了也没有对我发脾气，还帮我找路。"

米兜说："妈妈自己也不希望迷路，我发脾气也没用呀。就是武汉大学太大了，妈妈，你知道吗，我的腿都快走断了。"

我惊愕地问："那当时你怎么不对我说？"

米兜一边吃一边回答："我看你找不到路了，肚子又饿，怕你着急。"

我心里一阵感动、一阵心酸——亲爱的孩子，你越来越懂事了。

"你要从这次迷路经历中吸取妈妈的教训，准备不充分，事情就很难顺利，就像考试前不复习，很难考出好成绩一样。"我语重心长地说。

米兜点了点头。

回到酒店，我专门上网查找到详细的武汉大学地图，从地图上也分不清自己到底走过哪些地方，因为当时天暗了，心里又着急。不过可以肯定的是，我们走了很长的路，怪不得米兜说腿快累断了。

自助旅行家手册

最佳旅行时间：到武汉旅游的最佳时节是春季和秋季，春季百花盛开，武汉大学校园内樱花满枝，来武汉大学欣赏樱花是备受推崇的旅游项目；而且此时恰逢东湖梅花节，也可到磨山梅园观赏梅花以及各流派的梅花桩。武汉的秋天落叶缤纷，秋高气爽，也是比较适合寻访古迹、品尝美食的。

推荐景点：武汉的景点主要集中在武昌、汉口、汉阳三镇。武昌的黄鹤楼、武汉大学、汉江路、东湖公园等景点蕴含深厚的历史文化意蕴，自然环境与古典建筑完美结合，是来武昌首先要逛的。汉阳则有龟山、归元寺、古琴台、晴川阁等宗教建筑景点，也值得一走寻访宗教文化。繁华的汉口江滩有最美的民国建筑，江汉路步行街则是休闲放松的好去处，是适合文艺青年的格调之旅。

交通：武汉的轨道交通主要是1号线和2号线，1号线贯穿汉口繁华地区；2号线连通了汉口和武昌，统一按里程限时分段计价。武汉的公交系统比较发

达，据说大部分两点之间只需换乘一次就可以到达，公交车全部是无人售票，票价为1~2元，上车前要准备好零钱。轮渡在武汉人的生活中也起到很大的作用，共7条航线、15艘船，票价合理，每20分钟一班。最方便的轮渡码头在汉口的武汉关和武昌的中华路，它们分别连接武汉的两大购物区域——江汉路和司门口。

住宿：作为省会城市和旅游城市，武汉的住宿档次齐全，各类宾馆随处可见。有价格便宜的旅馆、背包客喜欢的青年旅舍和快捷酒店，也有设施高档的星级酒店。酒店比较密集的地方是武昌和汉口火车站，另外武汉大学、户部巷、江汉路周边也有很多住宿，价格适中。

美食：武汉菜的品种较多，名菜有清蒸武昌鱼、天门三蒸、红烧义河蚶、天门滑鱼、汆蛔鱼、八卦汤、红扒鱼翅、虾子海参碗鱼、茄汁鳜鱼、黄陂三合、芙蓉鸡片。一般的武汉餐厅都会有这样的菜，但是味道参差不齐，最好还

是选择一些老店。武汉有很多著名的小吃，比如豆皮、汤包、热干面、瓦罐鸡汤、什锦豆腐脑、麻蓉汤圆、糊汤粉等，在户部巷都能品尝到。近几年周黑鸭和精武鸭脖风靡大江南北，也成为武汉小吃的代表。

购物：武汉的特产有孝感麻糖、孝感米酒、咸宁桂花、面窝、金黄蜜枣、沙湖盐蛋、荆州八宝饭、青山麻烘糕、洪山菜薹、长春太极饼等，可以带回去给亲朋好友品尝。江陵仿古漆器、绿松石雕、武汉铜锣等工艺品，带着不太方便，像我和米兜这样的背包一族，肯定是不会买的。建议去大型商场或超市购买特产，那里的品质最有保证。

注意事项：武汉是"三大火炉"之一，夏季非常闷热，夏季到武汉，就像蒸桑拿，所以要备好防暑用品，戴上遮阳帽，涂抹防晒霜以保护皮肤，背包里也要放一把雨伞，还要为孩子准备一些常用药品，如晕车药、消炎药、肠胃药之类的。在游览景点时，切记不断补充水分，我一般都要在背包里放五六瓶矿泉水，而且还在半路上不断补充，督促米兜不断喝水防中暑。

旅行中的生病经历（长沙）

离开武汉后，我们两个转战长沙，途中经过岳阳，顺便去中国四大名楼之首的岳阳楼一游。只是米兜还没有背过《岳阳楼记》，似乎对这处历史古迹不太"感冒"。

我也想过米兜年纪小体力不支，但是又不愿意放弃一次机会，来都来了，总要把值得看的都看一遍。事先米兜也提到累、走不动之类的话，我就用"我们慢慢走，累了就歇着""明天早上睡懒觉，妈妈绝对不催你早起"之类的话安慰她。

在火车上，米兜整个人都懒懒的，看着没什么精神，显得无精打采。

下了火车，我就到处寻找卖早点的地方。在火车站遇到卖糖油粑粑的，赶紧买了两份，米兜吃了几口就不想吃了，可能是火车站卖的吃食一样，都不太好吃，我也没有多想。

我们从火车站乘坐去岳麓山的公交车，路过湘江看到橘子洲，马上就到岳麓山了，长沙重要的景点都在一起呀，我心里窃喜。虽然米兜状态不佳，但是我们也能把重要的景点都参观了。

我们从岳麓山北门出发，走走停停大约爬了一个小时，山坡较缓，基本上也没有什么景点。路上也遇到一些游人，互相打招呼，有的说从北门出发完全是个失误，景点都集中在南门呢……但是我想"既来之，则安

95

之"，也许这边也有惊喜呢。

米兜爬了一会儿就烦了，也许是累了，满脸的不高兴，说什么景色也看不到。

"没有景色也可以锻炼身体呀！"

"反正我不喜欢锻炼，这么热爬山没有什么好玩的，而且我太累了，我们回去吧……"

快到山顶了，返回去是不可能的，而且这才是第一个景点，怎么会累？我不再理她。米兜虽然不情愿，但也默默地跟在后边。

等翻过山，快走到南门处，才发现岳麓书院。岳麓书院被称为"千年学府"，建筑古色古香，文化氛围极其浓厚，就连草木都散发出幽幽书香之气。

买票进入书院，看到自己喜欢的老建筑，我兴奋地不停拍照。

米兜还是绷着脸，没有兴趣的样子，坐在一处台阶上百无聊赖地东看看西看看。我俩也不交流，弥漫着冷战的味道。

在去爱晚亭的路上，冷战还在继续。

我主动找她说话："停车坐爱枫林晚，下句是什么？"

米兜不情愿地回答："霜叶红于二月花。"

"我们要去的爱晚亭的名字就是从这首诗里获取的灵感。"

米兜平淡地回答一声："哦。"

出乎我的意料，米兜今天怎么对什么都不感兴趣呀？后来一看到爱晚亭的真貌，我也有点失望。

很多人说爱晚亭"相见不如怀念"，不考虑周围的景色，它就是普普通通的小亭子，和很多公园里的亭子没太大区别，如果秋天枫叶红了的时候肯定非常漂亮，只是现在看着太一般了。

中午匆匆吃过饭，又去了橘子洲。

这个湖心岛为众人所知是因为毛泽东的词《沁园春·长沙》，夏天虽然没有红叶可以看，但是树木葱茏，满眼绿色。青年毛泽东的塑像形神兼

备、栩栩如生，真像青年毛泽东在瞭望中国未来似的。

我热情地问米兜要不要照相留念，米兜答应得还不是太痛快。

还在生我的气？还是有别的原因？

"米兜，过来，我们好好谈一谈。"

我本来想给她讲一讲大道理，但是一拉起她的胳膊，我觉得她的身体有些烫，于是惊呼："米兜，你是不是发烧了？"

米兜看起来很累的样子，不想说话。

我一试她的额头，确实在发烧。这两天天气很热，加上米兜又走了很多的路，所以发烧了。小时候她也有过因为玩得太累而发烧的经历。

都怪我，老是以为米兜在闹脾气，没想到她对什么都不感兴趣是因为身体不舒服。

不能继续玩了，我们赶紧离开橘子洲，打车到酒店，让米兜吃了退热药，照顾她睡觉。

米兜这一觉从4点一直睡到7点多，睡醒后烧也退了。

米兜喊了我一声"妈妈"，我心里不知为什么一下子感到非常愧疚。也许行程安排得太紧张了，孩子的体力毕竟比不上大人，我没有顾及她的体力，而且不分青红皂白就判定她是在闹脾气……我这个妈妈太不称职了。

"米兜，难受不难受？"

米兜摇摇头，说："不难受——妈妈，对不起，我今天表现不好。"

"不，是妈妈不好。妈妈把行程安排得太紧了，但是你也应该告诉妈妈你身体不舒服呀。"

"我没有感觉不舒服，就是觉得挺累的，我想过会就好了……"

我一把抱住她说："现在有没有胃口？我们去吃一顿大餐。"

"当然有了，我都饿死了。"

我俩赶紧穿衣服洗脸，出去寻觅美食。我最终选择了一家网友推荐的湘菜馆吃晚餐。餐厅人并不多，看来不是游客的热门餐厅。我点了招牌菜口味虾和毛氏红烧肉，红烧肉果然好吃，香而不腻，回家我要试着去做。赤身鲜红的小龙虾一端上来，不吃都能闻到辣味。米兜比较喜欢吃辣，赶紧品尝，三两口后就大叫："妈妈，水、水！"

米兜的样子一下子把我逗笑了："这么辣呀！赶紧别吃了。"

我尝了几口，呛得流鼻涕、抹眼泪，米兜看着我的样子也大笑起来。

这是一天中最快乐的时刻，没有冷战、没有疾病，能看到米兜天真的笑脸。

晚上回到酒店，米兜很快就睡了，我怕她夜里体温又会升高，不敢睡，也睡不着。

仔细想一想，在旅途中，自己还不是一个称职的妈妈，做事情随心所欲，没有充分考虑孩子的感受和体力。米兜的一次生病经历，让我意识到一个妈妈要做的事情还很多，要注意的事情还很多。

在旅途中，米兜一直在成长，越来越懂事，而在这个过程中我也慢慢体会到妈妈的乐趣和辛苦，我相信我也在成长，慢慢成熟起来，成为一个称职的好妈妈。

最佳旅行时间： 长沙夏季漫长高温，十分闷热，不适合旅游，其他三季气候适宜，都可以选择来旅游。特别是长沙的秋季，十分美丽，可在橘子洲头感受湘江浩渺奔腾的气势，到岳麓山体验"霜叶红于二月花"的韵味。

推荐景点： 长沙是我国著名的革命圣地，也是历史文化名城，橘子洲留下伟人毛泽东的革命足迹，花明楼是刘少奇的故乡；岳麓书院号称"千年学府"，贾谊故居也值得一去。岳麓山风景主要集中在南门，全家亲子游还是从南大门上山，景点比较集中，孩子也不会太累，或者在东门选择坐索道上山。

交通： 长沙的公交网络比较发达，公交枢纽有火车站、东塘以及溁湾镇，

从这三个地方乘车基本可以到市区内的各个地方。公交车绝大部分为无人售票，普通车票价1元，空调车2元，需自备零钱。除了公交车，旅游专线也可选择。旅1经过岳麓山北、湖南师大、岳麓山南、湖南大学等地。出租车白天起步价为6元/2公里，超过2公里每公里1.8元；夜间9点以后起步价为7元/2公里。

其实长沙的景点比较集中，乘公交车就足够了，在长沙一天，我们都选择公交出行。

住宿：长沙住宿很方便，不论高档的星级酒店还是普通的招待所，可以根据自己的经济条件自由选择。长沙有很多高校，每个高校几乎都有自己的招待所，这种招待所的价格不是太高，也是不错的选择。

美食：全家人来长沙旅游，一定要品尝长沙的美食。长沙是湘菜的发源地，毛氏红烧肉、剁椒鱼头等大菜要吃，街头小吃也不能错过。糖油粑粑、臭豆腐、口味虾是街头小吃的代表，来到长沙一定能吃到最正宗的。长沙的餐馆集中在五里牌蒸菜一条街和罐罐一条街，长沙本地人喜欢去沙河街；小吃街集中在坡子街、火宫殿、黄兴路步行街、南门口等。

购物：湘绣、中国红瓷器、菊花石雕被称为"长沙三绝"，是长沙旅游纪念品的代表，喜欢收藏的朋友不要错过。湘茶、长沙糕点、剁辣椒等特产，也可以带回家给家人品尝。这些旅游纪念品，在特产店都能购买到，火车站附近就集中了一些湖南特产店。长沙最繁华的商圈为五一广场及东塘，很多品牌精品集中在这里。在文庙坪有很多特别有意思的店面，开在小巷民宅间，有很多有创意的小玩意儿。

注意事项：长沙春秋两季昼夜温差较大，来长沙要注意增减衣服，带伞预防下雨。夏季来长沙要做好防晒防中暑的工作，多给孩子补充水分，多休息，不要一味赶行程。再者长沙小吃多带辣，孩子吃要有所节制，辣的、油炸的食物，品尝一下即可，千万不要多吃，特别是夏天，防止上火、感冒。

不买东西，留下美景吧！（张家界）
BUMAIDONGXILIUXIAMEIJINGBA（ZHANGJIAJIE）

米兜跟着我去过不少城市，但是还没有真正接触过大自然。张家界是我向往的地方，也想带米兜去领略大自然的鬼斧神工，但是考虑到米兜的年龄、体力，一直没有去成。

当我把想法告诉米兜爸爸时，他鼓励我："我们一家去就没有问题了，我负责照顾米兜，你管好你自己就行了，而且景点我们有选择地去。"

就这样决定了，全家出发去张家界。

火车早上6点到张家界站，车里近一半的人和我们一起下车出站，这时远方的天才露出鱼肚白，一下车就感觉空气非常新鲜。

下火车后我们直接坐车到武陵源景区，到了预订的酒店安顿好，我们便前往国家森林公园。

金鞭溪是我们去的第一个景点，也是比较适合带小朋友游览的景点。早晨的金鞭溪风景秀丽、清幽、诗意盎然，金色的晨光钻过树叶投射到幽谷小径中，山林随着鸟鸣渐渐苏醒，风光十分秀丽，非常适合拍照。

米兜爸爸不停地摁下快门，还不断感慨"随便一张都可以做电脑桌面了"，米兜则想起童话里的森林女王，摆着各种姿势让爸爸拍照。

一路上，看起来惊险的景点我们都放弃了，行行摄摄，走得也比较快。中午到达袁家界，袁家界风景秀丽，层峦叠嶂，云雾缭绕，真的像仙境一般。我们还看到了《阿凡达》里哈利路亚山的原型，果真非常震撼。

走累了，我们就在袁家界山顶随便吃了点午饭，然后在附近闲逛。

这里非常热闹，有很多兜售各种商品的小贩，有卖工艺品的，有卖小石头的，还有卖养生菌类的，我们忍不住上前看上几眼。

花花绿绿的小工艺品吸引了米兜，她走过去好奇地打量。不过是很普通的工艺品，每到一个景点都会遇到，收藏价值并不大，只是颜色比较鲜艳而已。

小贩一看来了一个小姑娘，便使劲儿推销："你看挂坠多漂亮，买一条吧。"

米兜拿出一条问："这个多少钱？"

"十元一串，很便宜的。"

我觉得那种小工艺品不值得买，但是对着小贩不便直说，就对米兜说："到那边看看，那边还有很多……"

但是米兜不肯走，"妈妈，买一串吧。"

十元钱并不贵，但是这种东西没有多大收藏价值，米兜买时往往是一时热情，买回来就丢在一边。再者来旅游的话，不节制地买东西，会增加不必要的开支和负担。我决定不给她买。

于是我说："反正我们在这里待好几天，说不准别的地方还有，走的时候再买也不迟。现在我们买了带着不方便。"

小贩赶紧说："别的地方没有，这个可是独一份儿。"

米兜用眼神询问我。我摇了摇头，马上拉着米兜走了，米兜爸爸紧跟着追上。

米兜非常不高兴，甩开我的手，小声嘟囔："小气鬼。"

我听到了，但是装作没听到，问她："米兜，你真的喜欢那些工艺品吗？"

"是呀，看起来挺特别的。"

"我们去过很多地方，你没发现每个景点都有卖这些东西的吗？"

米兜小声说："我没注意看。"

这时，米兜爸爸问米兜："你说我们出来旅行为了什么？"

米兜想了想，说了一句高大上的话："游览祖国河山——"

"哈哈哈……"我们两个都笑了。

米兜爸爸说："那就对了，旅行是为了体验不一样的生活，观赏景色，一路走一路买东西，背包怎么放得下？"

也许感觉爸爸说得有道理，也许感觉妈妈肯定不给自己买，米兜就妥协了，说："现在想想也没有什么好的，那就不买了。"

看着米兜情绪有点低落，米兜爸爸赶紧转移话题："米兜，你看，那座山真奇怪，我们赶紧拍照，把美好的景色留在相机里。"

米兜伸展胳膊，兴奋地往前跑，喊着："爸爸，给我拍雄鹰展翅……"

前面风景如画，不拍照真的可惜了，米兜爸爸做摄影师，我们开始找合适的角度留影。奇秀的山峰、清澈的小溪、千姿百态的树木，都被我们定格在镜头里。

路上我们又遇到了很多卖野生猕猴桃的，正好走饿了，便买了几个补充能量，味道很好。米兜奇怪地问："你们不是说旅行中不要乱买东西吗？"

我耐心地为她解释："旅行途中一定避免不了买一些吃的喝的来补充能量，这不是乱买。而工艺品如果没有特殊的收藏价值，盲目买很多，还得背着走路，增加了负担，所以不能乱买。"

米兜点点头说："懂了。"

路上再遇到小摊，米兜都不上去凑热闹了。

第三天离开张家界时，我们专门到市区的人民广场步行街逛了逛。选购了一些当地产的茶叶、菌类等土特产。

我们还建议米兜也挑选一件自己喜欢的特色物品，如果我们觉得有价值，就让她买。

米兜惊喜地问："真的可以吗？妈妈不是不允许我乱买东西吗？"

我刮刮她的鼻头："你真的以为妈妈是小气鬼呀！"

米兜不好意思地笑笑。

我语重心长地说："妈妈不允许你买一些买了扔在一边，又没有任何价值的东西，虽然只有十元钱，但是十元钱也不能乱花呀。不过今天你可以挑选一个小小的纪念品，我们相信你不会乱花的。"

米兜干脆地说："妈妈，我什么都不买，照片能把美景带回家，就是最好的纪念品。"

没想到米兜这么懂事，一讲道理就明白了，我们感到非常欣慰。

马上就要踏上归程了，虽然我们背包里没有带什么纪念品，但是装着满满的回忆、美丽的景色……

　　最佳旅行时间：张家界的**最佳旅游时间是春秋两季**。春天的张家界犹如仙境，游溯金鞭溪、十里画廊，访黄龙洞，能体验到武陵人发现桃花源的惊喜。秋天的张家界秋高气爽，层林尽染，正是猕猴桃、蜜橘等美味水果成熟的时节，品尝鲜果，登山远望，会感到非常惬意。

　　推荐景点：张家界的游览核心就是武陵源风景区，这里包括国家森林公园、索溪峪、天子山三大景区。必游景点有金鞭溪、十里画廊、黄龙洞、宝峰湖、天子山、袁家界、西海、凤栖山。张家界春秋两季风景如画、气候宜人，身在其中仿佛在画中行走一样。

　　交通：从张家界汽车站发至景区的车，主要有森林公园和武陵源两个方

向。此外，这里还有不少发往张家界市周边景区和附近县市的班车，如到索溪峪的景区车票价为12元，到天子山的景区车票价为15元。张家界市出租车起步价为5元，张家界市区很小，因此基本上在市内范围坐车都是起步价。若遇不良司机或去较远的地方，建议要事先了解清楚路线、里程及费用，要求司机打表。游览景区，索道也是重要的交通工具，可以在张家界国家森林公园及天门山国家森林公园内乘坐，票价分单程和双程，事先了解好再乘坐。

住宿：在张家界，可以选择住在市区或者景区。市区酒店较多，选择余地大，就是进出景区不方便。景区里的宾馆较少，床位紧张，条件也稍微差一些，但是可以看日出、观日落、体验农家生活，与大自然亲密接触，也不需要来回地上下山浪费时间。带孩子的家庭适合住在山里，免去来回奔波之苦，但一定要提前预订好房间，避免临时找房。

美食：张家界以土家菜为主要特色，又融合了湘菜的精华，口味酸辣，风味独特。在张家界市区，第一个值得推荐的就是张家界的特色菜——三下锅，是由三种主料做成的，炖着不放汤的火锅，价格也比较实惠。主要小吃有葛根粉、猕猴桃汁、土家炒饭、油粑粑等，在市区的夜市大排档上都能吃到。

购物：张家界的特产是三宝（葛根粉、蕨根粉、岩耳）和一绝（杜仲茶），还有著名的猕猴桃、青岩茗翠茶、龙虾花茶、松菌等，原汁原味、价廉物美，可以带回去一些给朋友品尝。桑植盐豆腐干是清朝贡品，也值得购买。喜欢工艺品的朋友可以选择一些龟纹石、土家粘贴画、土家织锦做纪念。购物地点推荐张家界商业步行街、人民广场商业步行街和武陵源民族旅游商城（简称"天子街"）。

注意事项：张家界景区的气候变化无常，特别是早晚温差很大，所以进山一定要带上防寒的衣服、鞋（最好是登山鞋）。夏天来张家界，一定要带好防晒霜、防蚊水，备一些消毒用的湿纸巾、创可贴、消炎片、止泄片(防止水土不服)等简单药品，而且夏季多雨，雨天山路湿滑，雨水和大雾也会导致视线不清，最好不要在雨中冒险登山。爬山比较耗体力，要备少许干粮和瓶装饮料水。

说过要带妈妈逛胡同的（北京）

SHUOGUOYAODAIMAMAGUANGHUTONGDE（BEIJING）

　　北京离我们这边比较近，坐动车一个多小时就到，利用双休日就可以到北京游一趟，米兜去过北京很多次了，故宫、天坛、北海公园、颐和园都去过了，还跟着姑姑去了北京胡同的代表——南锣鼓巷。

　　周末，我们决定再去一次北京，除了去原来没有去过的北京动物园、奥林匹克森林公园，我还想逛逛南锣鼓巷。

　　在火车上我想，米兜既然去过一次，何不让她给我们当当小导游，让她为我们安排行程，锻炼一下她的组织能力？

　　于是我就提议："去南锣鼓巷让米兜当导游吧！我们都听从她的安排。"

　　米兜爸爸也说："主意不错，米兜你有时爱说妈妈专制，妈妈安排的行程不好，这次你给我们安排一个好的，怎么样？"

　　米兜不好意思地看了我一眼，说："我没有说过吧——不过当导游可以呀，南锣鼓巷的好吃的我还记着呢。"

　　米兜爸爸说："当导游可不是小事情，光记好吃的怎么行？你要提前做好功课，比如怎么坐车呀、怎么吃饭，沿途的景点你也要一一向你妈妈介绍，能做到吗？"

　　米兜想了想说："好像有点难，爸爸你帮我！"

　　就这样定了，周日指定项目是让米兜做导游带我们游南锣鼓巷。

　　火车到达西站，我们就直接乘坐地铁到了北京动物园，人很多，到处都是小朋友，想看哪个动物，需要费九牛二虎之力挤过去。下午去了奥林匹克森林公园，森林公园又大又美，人虽然多，但是并不拥挤。我们在水立方和鸟巢附近拍完照就直接在森林公园的草坪上休息，晚上就住在了森林公园附近。

　　第二天就要去南锣鼓巷了，米兜有些紧张，晚上一到酒店就和爸爸讨论第二天的行程，想不明白的问题就给姑姑打电话，一一记到小本子上，生怕第二天忘记了。

幸运的是到南锣鼓巷的交通比较便利，直接乘坐地铁8号线，不用换乘，出站的时候看地铁标识牌指示，顺利达到南锣鼓巷。

　　南锣鼓巷曾是元大都的市中心，历史底蕴深厚，如今依然保持着元朝城市"棋盘式"的格局，周边四街围出一块如棋盘一样方方正正的区域，正中主街南锣鼓巷南北走向，全长100多米，从主街向东西两侧各岔出8条胡同，区域内街道组成的形状像鱼骨。

　　现在主街上商铺林立，有各种美食、创意小店，很受年轻人的欢迎；而岔出去的胡同里有不少名人故居，其建筑带有浓厚老北京韵味。

　　米兜安排的第一个项目就是——品尝美食。"爸爸妈妈，我们赶紧去那家奶酪店排队，奶酪特别好吃。"

我们一看，不得了，队太长了。看着我们很惊讶，米兜赶紧解释："很快的，一会儿就到咱们了。"

既然米兜安排了，那我们就乖乖地排队吧。幸好时间不是太长，我们一会就吃上了美味的双皮奶，我一边吃一边称赞米兜："米兜推荐的美食不错哦。"米兜听到夸奖乐滋滋的。

我们继续沿着主干道逛，我有意考考米兜，就问她各种问题。

"创可贴8是干什么的呀？"

"是卖T恤的，很多图案。"

这家店太有名了，米兜肯定提前了解了，不错。我接着指着一个奇怪的招牌问："这家店名字很奇怪，是卖什么的？"

"呃……这个，我不知道——我也不可能每家店都了解呀。"米兜辩解道。

"是吗？有人在旅行的时候不断地问我问题，只要我回答不出来，她好像就很不高兴哟。"我意味深长地说。

米兜当然知道我是在说她，连忙催促爸爸："爸爸去这家店看看卖什么吧。"

米兜爸爸果断去"侦察"，回来告诉我们是比萨店。

许多店名都很有意思，米兜提议每看到一家奇怪的店名，就猜这家店是卖什么的，看谁猜得对。

这倒是一个好主意，我马上表示赞同。

我们一边走，一边猜，一边逛，品尝了"这儿没玉米汁儿"的玉米汁，逛了卖火柴盒的"火柴语录"，原创手工店"贵福天地"，卖衣服的店叫"肚脐眼"。看到有意思的店招牌就拍下来。

接下来我们拐到两边古色古香的小胡同，很多建筑屋檐下有精美的彩绘和石雕，这说明了宅院主人的身份。串了几个胡同，也没看到齐白石的故居。

我就问米兜："齐白石的故居在哪个胡同呀？你不带爸爸妈妈逛一逛

吗？今天你可是导游呢。"

米兜说："哎呀，差点忘记了，昨天我计划这个行程了，但是我不知道在哪个胡同。"

米兜爸爸说："你这个小导游就不称职了，你妈妈带你出去旅行，是不是都提前查好地址呀？"

米兜脸红了，也不说话。我向旁边一家店铺的人打听，问清了齐白石故居在雨儿胡同，然后带着大家去参观。

米兜闷闷不乐，还是在为自己的"失职"懊恼吧。

从齐白石故居出来，我问米兜："小导游，中午安排在哪里吃饭呀？"

米兜小声说："去鬼味吃烤翅，姑姑带我吃过，很好吃。"

"那你知道在哪吗？"

"当然了。"

这个米兜是有准备的，只见她掏出一张纸看了看，自信地带着我们去鬼味吃烤翅。

午饭味道很好，我们吃完午饭又小逛了一下，买了一些剪纸和明信片，准备离开。

这时，米兜说："妈妈，想喝水。"

我故意说："今天你是主角，没有提前安排买水吗？"

米兜疑惑地说："这个也让我安排吗？原来你包里不是一直都装着水吗？"

"我去一个地方先查买水方便不方便，然后根据天气、体力消耗情况准备瓶装水。今天的行程都是你安排的，所以我没有准备。"

其实我事先想到了水的事情，但还是想锻炼锻炼她，就故意没带，看她怎么处理。

米兜拉着爸爸在两旁的小摊子找瓶装水，终于找到了，但是价格比超市贵一倍，米兜犹豫了一下，决定不买，对爸爸说："我不是很渴，我们走吧，路上说不准有便利店呢。”

到了火车上，米兜抱怨说：“当小导游太麻烦了，以后再也不当了。”

米兜爸爸说：“你就组织了一次小小的胡同游，就丢三落四，还吵着麻烦，妈妈带你去那么多地方，有时你还闹脾气，她说过麻烦了吗？”

米兜偷偷瞄了我一眼，然后拉着我的手，乖乖地说：“妈妈辛苦了，以后跟着妈妈出去旅行，我再也不闹脾气了，我还要多帮妈妈做事情。”

没想到给米兜一次锻炼的机会，她从中意识到妈妈的不易了。

我感到很欣慰，捏捏米兜的脸蛋，由衷地说：“真是好孩子！”

自助旅行家手册

最佳旅行时间：北京的最佳旅游季节为秋季，这时秋高气爽、气候适宜，还有香山红叶可以欣赏，是一年中最好的旅游季节。北京夏季炎热，一到暑假就会有全国各地的小朋友来北京旅游，地铁、公交都非常拥挤。北京冬季严寒，但雪后银装素裹，可参加北京郊县的一些滑雪运动，春节期间有各种庙会活动，京味十足，也值得带着孩子一游。

推荐景点：北京是中国的七大古都之一，文物古迹随处可见，对外开放的旅游景点达200多处，故宫、天坛、北海公园、颐和园都是观赏皇家园林建筑、了解中国历史的最佳地点。环绕四周的北京区县有很多优美的自然风光，多山林峡谷，还有八达岭长城、慕田峪长城等，是来北京不得不去的。三环以内是北京的老城区，老北京胡同、四合院、传统美食集中在这里，如果喜欢传统文化应该去逛一逛。奥体森林公园、鸟巢、水立方这一类新的景点，也是游玩的好去处。

交通：地铁是北京游玩首选的交通工具，市区内的景点绝大部分地铁都可以到达。地铁的运营时间是5:00—23:00，每条线有略微不同，请以现场公示为准。除机场快线单程25元外，其余线路3元起步，按公里收费。地铁车票采用一卡通储值卡刷卡进、出站，单程票可在窗口或自动售票机购票，一卡通可在站台的售票处柜台办理。北京的公交系统非常发达，公交线路通达，基本各个小区都有通车，乘坐市区公交线路，单一票制2元起价，分段计价。

住宿：北京作为首都，住宿业发达，选择余地很大，除了全球连锁的各种高档豪华酒店，还有各种富有特色的青年旅舍，以及便宜实惠的各种招待所等。在北京挑选酒店，除了考虑自己的经济能力，还要根据自己的游玩地点来选择酒店的位置和交通情况，选择住在地铁沿线是最方便出行的。

美食：北京汇集了中国乃至全世界的风味美食，不管你是什么口味，都不愁找不到美食。不过来到北京还是要尝一尝正宗的京菜，如北京烤鸭、涮羊肉等，吃烤鸭不一定去全聚德，很多京菜餐馆都能做出正宗的烤鸭。地道的北京小吃有爆肚儿、炒肝儿、炸灌肠儿、卤煮、羊杂汤、豌豆黄儿、驴打滚儿、艾窝窝、酸梅汤、豆汁儿、焦圈儿、炸酱面等，品种丰富，风味绝佳，值得品尝。

购物：北京的经典工艺品有景泰蓝、玉器、雕漆、内画壶等，还有一些极具"老北京"民俗风情的面人、宫灯、风筝、剪纸等民间工艺品，喜欢艺术品的可以购买一些收藏。北京主要的购物商圈有王府井商业圈、西单商业圈、前门大街、大栅栏。

注意事项：在北京一些著名景点内，到处都有打着"一日游"招牌的导游招揽生意，大多是不正规的旅行社，千万要擦亮眼睛。北京地铁人多拥挤，带着孩子乘坐地铁尽量避免上下班高峰期，上下车记着要拉紧孩子的手，上下电梯也要提醒孩子扶好扶手。

遇见"可怕"的虫子（承德）

YUJIANKEPADECHONGZI（CHENGDE）

还有一周暑假就要结束了，早上和晚上的风已经很凉爽了，剩下几天时间，我们酝酿着去一次草原。

说实话，我还从来没去过草原呢，印象中最近的草原应该在承德。赶紧上网查攻略，最后确定在承德玩两天，然后去木兰围场骑马射箭，最后从木兰围场直接返回。

米兜听了非常开心，这可是第一次草原之旅呢。

坐了一天的火车才到达承德，第二天的行程主要是游避暑山庄和小布达拉宫，调整一下身体，为去木兰围场做准备。避暑山庄有很多古建筑，风景也不错，但是总觉得和北京的颐和园、北海公园很相似，唯一比较新鲜的是里面散养了不少梅花鹿，引起米兜拍照的兴趣。小布达拉宫的文物并不是太多，很多东西都是后来复制的，对我和米兜的吸引力不大。

部分游客到承德都是冲着木兰围场来的，我们也不例外。去木兰围场的前一天，我和米兜都有点激动，几乎迫不及待地想看到大草原。

其实，木兰围场是个十分宽泛的概念，其实包括塞罕坝国家森林公园、御道口牧场、红松洼国家自然保护区、红山军马场等几个地方。

我们迷迷糊糊，搞不清楚哪是哪，幸好一路虚心请教，走了不少弯路，在围场县城和几个北京自由行的大学生一起包了一辆吉普车。有了司机师傅指路，还有了几个查攻略安排行程的小伙伴，我一下子省心好多。

一路上的风景美不胜收，车窗外到处都是小花小草，还有一望无际的群山和林海，气温也低了很多，感觉提前进入了秋天。我们早有准备，赶紧换上了厚外套。

离开美丽的七星湖，师傅把我们拉到一个不知道什么名字的草原。一半是绿色的草地，一半是湛蓝的天空，让人心旷神怡。远处还有羊群，悠闲地享受着美食。

米兜很少见到绵羊，也没有近距离地接触过，此时显得特别兴奋，"妈妈，我可以过去看看绵羊吗？"我询问司机师傅，他说没关系，绵羊都很温顺。

但是我交代米兜不要靠得太近，免得惊吓到绵羊。

于是米兜乐滋滋地开始和绵羊互动，抓一把草远远地扔给绵羊。绵羊开始对这个小小的不速之客不感兴趣，根本不理会她。但她乐不知疲，还是把草扔给绵羊。

后来绵羊开始吃她扔的草了，她高兴得不得了，一个人玩得可开心了。

米兜和绵羊交上"朋友"，玩得十分开心，我赶紧抽出时间来拍照。

"天苍苍，野茫茫，风吹草低见牛羊。"一切都像画一样，每一处景色进入镜头都是那么完美……

我正醉心在自己的"摄影作品"中，突然听到米兜"啊"的一声尖叫。

坏了，不会惹怒了温顺的绵羊了吧？我赶紧往她那个方向跑去，远远地看到她丢下一把草朝我飞奔而来。

身后的绵羊小伙伴也不知道发生了什么事情，受了惊吓，四散逃开。

"怎么了？米兜，有没有受伤？"我一把抱过她，焦急地问。

米兜惊魂未定，指着跑来的方向，说不出话来。

"别着急，慢慢说，有妈妈在……"

这时米兜才带着哭腔说道："有虫子，好可怕的虫子，这么大，不会是外星飞来的虫子吧？"

闹这么大动静，原来是虫子呀。我责怪她："看你大惊小怪的，不就是一只虫子嘛！"

司机师傅和几个大学生都围过来，问我们发生了什么事情，司机师傅听了哈哈大笑："真是城里的小孩，没见过虫子，我抓过来让你看看。"

师傅过去扒开草丛，不一会便用手捏着一只虫子过来了。我没有见过这种虫子，长着黑黑的硬壳，看起来挺可怕。

米兜吓得尖叫，夸张地搂住我的脖子。

师傅笑着说："这是三叫驴，不咬人的，我们小时候还经常烤着吃呢。"

几个大学生也好奇地凑过来，逗弄这只虫，还对米兜说："你看，它不咬人，不要害怕。"

米兜从小生活在城市，除了在图书、卡片上看到一些动物外，对昆虫知道得很少，就算偶尔看到一只蟑螂，也怕得不行。这次来草原，正好有机会接触大自然，认识一些昆虫，这个机会不能错过。

于是我鼓励米兜："你看，司机叔叔都说这种虫子不可怕了，他们小时候经常玩这种虫子。你认真观察一下，把特征记下来，回家我们上网搜一搜这种虫子的特征。"

米兜忧虑地说："它不咬我吧？不会钻进我的衣服里吧？"

几个大学生安慰她说："我们一起观察它，你不用害怕。"

米兜对大哥哥大姐姐十分信任，点了点头。

司机师傅介绍说："这也是一种蝈蝈，就是不是绿色的，所以大家不认识。"

原来如此，我知道蝈蝈是北方很常见的昆虫，叫声很好听，我小时候，男孩子就会斗蝈蝈，还会编蝈蝈笼。可惜米兜的童年是在钢筋水泥的城市中度过的，没有领略过大自然的伟大。

"米兜，过来，我给你讲讲这种昆虫，妈妈也懂得一些。"

我们找了个地方坐下，我给米兜讲我小时候在农村玩过的游戏，并提到蝈蝈，米兜听得津津有味。

米兜也不怕了，说："妈妈，我们把蝈蝈带走吧，让爸爸看看。"

我赶紧说："当然不行了。草原是蝈蝈的家，蝈蝈是这里的主人，我们走的时候怎么能把主人带走呢？而且它离开了草原说不准很快就死去了。"

我不了解草原上的食物链，但是懂得每个地方都有自己独特的生态，虽然米兜还小，但我应该让她懂得爱护自然、保护自然的道理。

米兜虽然不高兴，但还是点了点头，在几个大哥哥大姐姐的陪同下，把蝈蝈放到不远处的草丛里了。

下一个项目就是骑马了，还没有体验，就觉得奔驰在草原上感觉肯定很棒。我喊米兜："走，我们去骑马了……"米兜欢呼着跑过来。

这个项目对她来说，又是一个新的挑战。

最佳旅行时间: 游承德的历史遗迹四季皆宜，但还想看到优美的自然风光，最好选择4—10月这段时间。暑假期间，坝上遍地野花，天气凉爽，晨雾弥漫，非常美丽。秋季可以去体验木兰围场万山红遍、层林尽染的壮丽景观。

推荐景点: 承德自古有"紫塞明珠"的美誉，是清代帝王避暑的胜地，避暑山庄园中有山、山中有园，已被列入世界文化遗产名录，来承德不得不去。除此之外，就是美丽的木兰围场，广袤的草原一望无际，散布着大大小小的湖泊，是摄影胜地。雾灵山雄奇秀美，美景让人心驰神往，也是旅游胜地。

交通: 承德的公交车方便快捷，线路通达，车次也比较多，市内单程票价为1元。承德各个旅游景点都设有公交站。承德的出租车起步价为7元/2公里，超过2公里后运价为每公里1.4元，乘坐出租车尽量选择按计价器打表的车辆以免被宰。到承德周边的草原，有火车和巴士两种交通工具可以选择，到了草原上可以选择包车，比较方便。

住宿： 承德是个旅游建设比较成熟的城市，市内各种档次的宾馆俱全，在市内居住可以选择南营子大街，购物、交通都方便；也可以选择住在避暑山庄和外八庙周边，离景点非常近。木兰围场景区大概分为三大宾馆区（塞罕坝、御道口、军马场），有很多招待所、旅馆、饭店，食宿很方便，但星级酒店极少。坝上的木屋和蒙古包标准间要比同档位的楼房标间便宜。

美食： 承德菜是宫廷塞外菜的代表，主要以山珍野味为主，代表菜有平泉冻兔肉、五香鹿肉、炒山鸡卷、野味火锅、烧鹿肉、狍子肉、野鸡肉等。风味小吃中的蒲棒鹿肉和香烹鹿肉串味道极佳，值得一尝。另外，莜面和莜面饺子是承德当地老百姓很喜欢吃的粗粮，风味独特，来到承德应该品尝一下。

购物： 承德著名的工艺品有誉称"华夏一绝"的滕氏布糊画、丰宁剪纸、丝织挂锦、木雕、字画等。承德又盛产众多天然保健食品，如杏仁饮料、山楂果品、山野菜等，均是纯天然绿色食品。初到承德的游客可以去南营子大街一带购物，那里是承德繁华的商业中心，也是承德人心中的不朽老街。

注意事项： 承德地处内蒙古高原与华北平原的过渡带，夏季白天最高温可达33℃左右，夜间最低温在16℃左右，昼夜温差大，带着孩子出行，除了夏天的衣物，还要多带两件薄外套，随时添加衣物，以防感冒。再者，夏季草原有很多毒蚊子，一定要带好风油精、花露水等防蚊虫叮咬的物品。

做文明小游客（天津）

ZUOWENMINGXIAOYOUKE（TIANJIN）

天津游的愿望也是利用周末实现的，一家三口都有自己的想法——米兜爸爸想去看瓷房子，我想去意大利风情街，米兜想去海河中心广场公园喂鸽子。至于美食大家都没有分歧，就是利用午饭和晚餐的时间去品尝特色小吃。

天津可以玩的地方很多，我们的宗旨是先实现各自的愿望，再有所选择地去一些地方，行程安排得很悠闲。

中午到达天津，第一站是瓷房子。瓷房子是用各种各样的瓷片装饰堆砌起来的法式洋楼，里面还有很多收藏品，非常新奇，我和米兜拍了很多照片。为了第二天去海河中心广场公园喂鸽子，我们专门住在河北区，晚上欣赏海河夜景。

海河是天津的母亲河，贯通天津。在海河两岸，有很多公园，是市民休闲娱乐的好去处，也是观赏天津夜景的最佳地点。海河中心广场公园是天津市最大的广场公园，不仅栽种了波斯菊、海棠、紫薇、月季等各种美丽的观赏花卉，还可以观赏广场鸽和白天鹅。

第二天我们早早来到海河中心广场公园，因为还没有到放广场鸽的时间，我们就在小树林里散步，欣赏清晨的月季，坐在长凳上吃早饭。

早饭是前一天在超市买的，有面包、火腿，还有米兜最爱的一种小蛋

糕。我把小蛋糕递给米兜，米兜小心翼翼地装进袋子里，说："我不吃这个，我吃面包。"

我很奇怪，"这是你最喜欢吃的小蛋糕呀，为什么不吃呀？"

米兜伏在我的耳边说："我想把最好吃的留给鸽子吃……"

我哑然失笑，没想到米兜那么喜欢鸽子，连自己最爱吃的蛋糕都肯分享给鸽子。

太阳升起来了，广场上的小朋友越来越多了，大都是等待看鸽子的。到了9点左右，一下子飞来好多观赏鸽，有灰色的、色的，发出咕咕的声音，非常漂亮。

米兜非常高兴，飞奔过去，把面包捏成面包屑喂鸽子。这些鸽子每天都面对很多游人，所以一点也不害怕人，还敢在米兜的手掌上啄食。

米兜爸爸赶紧拿起相机，给米兜和鸽子拍了好多温馨的照片。

就在这时，我看到了不文明的一幕。一群观赏鸽飞来觅食后又集体飞走，只有一只白色的小鸽子留下来。一对父母带着一个小男孩给这只鸽子喂食、拍照，过了一会，只见他们趁人不注意一下子把鸽子抓住了，然后便带着鸽子朝着出口的方向走去。

米兜也看到了这一幕，小声地说："妈妈，你看，他们把鸽子带走了。"

我看着那一家人远去的背影，心里很着急，但是周围又看不到管理员。

这时米兜又说："我们走时也带走一只鸽子吧！"

没想到米兜会这么说，我一下子很生气："这些鸽子怎么能带走呢，你怎么跟那些人一样没素质？"

我因为太着急，说得有些太严重了。

米兜一下子变得很不高兴，辩解道："刚才的叔叔阿姨不是也抓走一只鸽子吗？"

"他们那样做是错的，你怎么能跟他们学？"

米兜噘着嘴说："大人不总都是对的吗？"

一句话说得我哑口无言。我不理她，走到长椅前坐下，剩下她一个人在那喂鸽子。

在不远处拍照的米兜爸爸，似乎感觉到我俩之间发生了不愉快，过来问我事情的原委，然后过去找米兜，不知道对她说了什么。

一会儿米兜过来了，坐在我身边，一边捏着面包屑一边说："妈妈，

我看刚才叔叔阿姨把鸽子带走，觉得我们也可以带走一只鸽子，我真的很喜欢鸽子。但是我现在知道了，他们做得不对，我不应该向他们学。"

我舒了一口气说："观赏鸽是为了美化环境而养殖的，属于中心广场公园设施的一部分，希望大家珍惜和爱护，如果来的游客都因为喜欢抓走鸽子，鸽子以后还有吗？以后再来还能看到吗？"

米兜摇摇头。

"每个旅游景点都有自己的规定，比如，你看到花好看会把花摘走吗？"

米兜又摇摇头。

我看她知道错了，没有再说什么。不一会儿我眼前一亮，几个穿着工作服的管理人员走过来了。

"走，米兜，我们去告诉管理员叔叔，让他们注意，因为有人偷偷带走了鸽子。"我拉着米兜的手迎上前去。

我把刚才看到的情况简单地跟管理员说了一下，让他们加强管理，注意别让别人再拿走鸽子了。

管理员感激地说："有很多不文明的游客偷偷带走鸽子，现在鸽子已经少了很多了——谢谢你们啊，都有你们的觉悟，我们的工作就好做多了。"说着还朝米兜竖起大拇指。

米兜不好意思地笑了。

中午吃饭时，爸爸和米兜一起看拍的鸽子的照片，米兜不断拍手说"好可爱""好漂亮"，爸爸趁机说："如果把鸽子带走了，别的小朋友怎么能拍照呢？"

米兜认真地说："我懂得了，我们都要做文明小游客。"

"还有一点"，我强调，"并不是所有大人做得都对，有的大人做的就是错的，就像今天带走鸽子的叔叔阿姨，你可千万不要向他们学呀。"

米兜点点头，说："我知道了，我要靠自己辨别是非。"

下午，我们逛了意大利风情街，还抽出一点时间去天津的古文化一条街和南市一条街。为了表扬米兜，我鼓励她选择几个小泥人和风筝带回去，装饰自己的房间，米兜感觉很惊喜。

等上了火车，夜幕也缓缓降临，短暂的天津之行结束了，我们踏上了归程。我望着窗外的夜色，想起米兜说的那句话——"你们大人不总是对的吗"，心里五味杂陈。

对于孩子来说，大人们不管做什么好像都是对的，然后去模仿。这是一件多么危险的事情。我们成年人应时时反思自己的行为，因为有时一个小错误会严重误导孩子。

希望米兜从这次旅行中获得一点点启发，在成长的道路上逐渐掌握辨别是非黑白的能力。

最佳旅行时间：天津的人文景点多集中在市区，一年四季都可过来游玩，尤其春秋两季气候温和，是到天津游玩的大好季节。如果是夏季来天津，比较适合到海滨消暑度假、品尝海鲜，但是最好事先查询一下海滨的天气情况。

推荐景点：天津市区的旅游以人文为主，"五大道"是不得不去的旅游景点，这里有很多各具风貌的老建筑，很多都是历史名人旧居，隐藏了很多故事。再者瓷房子、意大利风情街也备受游客推崇，几乎成了天津的"名片"。海河两岸的公园，也是休闲娱乐的好去处，如果想观赏夜景就去海河津湾广场，要观赏鸽子就去海河中心广场公园。如果热爱传统文化，古文化街也是一个好去处。

交通：天津地铁1、2、3、9号线及津滨轻轨，飞驰成"米字形"放射骨架线网，连接市内六区、环城四区和滨海新区，非常便捷，是出行首选。如果去塘沽最好坐轻轨，时间上有保证。另外，天津还有两条巴士观光线，沿途经过古文化街、名人故居等景点。

住宿：天津市区各类宾馆数量很多，选择余地大、价格略低于北京的价格。火车站、大学附近集中了一些便宜的小旅馆。也可以根据游玩地点选择住宿区域，如长虹公园商圈是到天津必去的旅游区之一，地铁1号线贯穿其中，交通便利；如望海楼商圈是天津火车站和天津北站的所在地，是天津市的重要交通枢纽，早上需要赶车的游客可以选择住在这里。

美食：天津菜的风格是粗犷豪迈中，又带有些许华贵派头，多拿鱼、虾、蟹入菜，代表菜是"八大碗""四大扒""冬令四珍"，盛菜多用大碗大盘，分量十足，味道浓重。天津的小吃花样繁多，独具风格，最出名的有"津门三绝"——狗不理包子、桂发祥麻花、耳朵眼炸糕，此外还有天津糕干、煎饼果子、贴饽饽熬小鱼、果仁张、棒槌果子、石头门坎素包、鲜果馅汤圆、恩发德蒸饺、马记茶汤等。

购物：天津著名的特产和工艺品有十八街麻花、王朝半干白葡萄酒以及泥人张彩塑、天津风筝、天津砖雕、杨柳青年画等。推荐最佳购物场所是"天津商业一条街"，这里不仅有劝业场、中原公司、稻香村食品店、亨得利钟表店、光明影院等老字号，还有新建的一些商场。再者，天津古文化街集古文化旅游与商业为一体，南市食品街集吃、买、游为一体，都是购物的好去处。

　　注意事项：这两年天津出租车的口碑很差，来天津游玩打车的话要多加注意。在繁华区周边蹲活的司机大都不是正规出租车，所以应尽量招手拦路上跑的车；乘坐出租车要记得索取发票，并仔细检查司机有没有抹掉上面某些信息；还有，上车之前一定谈好价钱，即使是打表的出租车，也要先问好大概是多少钱。

给奶奶写一张明信片（平遥）

想必看过《乔家大院》《白银帝国》等几部有名的影视剧的人，都会对古城平遥产生兴趣。其曾经是最富有的金融中心，不知有多少故事呢。

米兜对平遥一无所知，当我告诉她那里也有老宅子，有大家闺秀住的地方时，米兜一下子就感兴趣了。

还是母女两人游，乘坐火车卧铺。我在网上选择了一家有一百多年历史的老四合院客栈。

客栈在平遥古城东门，是一个典型的老式建筑，雕花窗户，大红灯笼，非常有特色。米兜第一次住这样的房子，非常兴奋，过了一把"大家闺秀"的瘾。

在客栈我简略看了一下古城地图，确定了两天的行程，拿出手机查看日历，突然发现走的这天正好是米兜奶奶的生日。

"米兜，今年没办法给奶奶过生日了，怎么办呢？"

米兜想了想，说："正好我们可以挑选一件有特色的生日礼物给奶奶带回去。"

"好，我们一边游景点，一边逛街，为奶奶挑选礼物。但是，我有一个条件，你要用你自己可以支配的零花钱为奶奶买一件礼物。"

米兜干脆地回答："好！"

　　我们先后参观了日升昌票号、听雨楼和县衙，之后就在古城里逛店铺，为奶奶挑选生日礼物。不管走到哪里，都可以感受到古色古香。虽然墙壁上留下斑驳的痕迹，朱红的柱子也褪色了，但是依稀可见当年的繁华。更有趣的是，我们还看了一场县衙审讯犯人的表演，就像电视剧的情景，米兜直呼："我们这是到古代了吗？"

　　古城的店铺五花八门，除了卖当地土特产的，也有酒吧、咖啡厅等特色小店。

　　我们一开始看土特产，发现都不适合奶奶。奶奶牙不好，肯定吃不了平遥牛肉；奶奶生性俭朴，不习惯用漆器这样"奢侈"的东西，给她买的话估计还让她不高兴……而且米兜每天自由支配的零花钱是十元，选择余地也很小。

　　米兜央求说："妈妈，你支援我一些钱吧！"

　　我说："给奶奶买礼物要用你自己的钱，用我的钱岂不是成我买的了。"

　　米兜很失望，我安慰她说："奶奶辛苦一辈子，养大好几个孩子，她不希望收到多贵重的礼物，只要是你的孝心她就满足了。我们再挑选挑选，肯定能挑到满意的。"

　　不一会儿，我就挑选到自己送奶奶的礼物了——手工鞋，黑底带着绣花图案。

店员介绍说这种鞋透气、吸汗性强，穿着非常舒服，还对足部有保健作用。考虑到奶奶每天在家闲不住做家务，这双鞋最适合她了。

米兜一看我都挑选好了，而自己的礼物还没有着落，脸上露出焦灼的神色。快步往前走，四处寻觅新的店铺。

各种五颜六色的小手串、小挂件的价格是米兜可以接受的，但是都不适合给奶奶，逛了好长一段路，也没有发现合适的礼物。

我看到一家明信片小店，高兴地钻进去挑选明信片——这是我每到一个地方习惯购买的东西。

米兜变得非常不耐烦："我的礼物还没有挑选好，你又要看你的明信片。"

我安慰她："别着急，一下就好。"

米兜不吭声，注视着小招牌上写的"一元一张"的字样，突然眼前一亮，喊道："妈妈，妈妈，我知道送给奶奶什么生日礼物了！我给奶奶寄一张明信片吧！"

咦，好主意！我怎么没想到呢。米兜在明信片上亲手写了"祝奶奶生日快乐"，奶奶看到自己宝贝孙女的笔迹，肯定会特别高兴。而且奶奶还从来没有收到过明信片吧，估计会感到很新鲜。

我连连点头："好主意，奶奶一定会很喜欢。"

这时老板在旁边说："我们这里还有代寄服务，贴上邮票交给我们就行了。"

哈哈，真方便。"来，米兜，我们挑选一张送给奶奶的明信片。"

米兜兴高采烈，和我一起埋头挑选，终于挑选了一张带古城墙日出图

案的明信片。好心的老板还给我们提供了纸和笔，先让米兜试写，写熟练了再在明信片上写。

米兜认认真真练习了一遍，又让我纠正错别字，反复确认没有错误才在明信片上写道："亲爱的奶奶，祝您生日快乐，越来越年轻……"

写完明信片，米兜认真地贴上邮票，郑重地把明信片递给老板，说："阿姨，你一定帮我寄到呀。"老板说："放心吧，小姑娘。"

这一份小小的礼物一共花了2.5元，但是礼轻情意重，非常有意义。因为奶奶还没有看到过米兜写的字呢，这可是第一次。

寄了明信片，米兜松了一口气，跟我开开心心地回客栈了。

第二天我们和客栈的人拼车去了王家大院，因为给奶奶的礼物都买了，也没有什么心事了，我们玩得特别开心。王家大院，坐北朝南，规模宏大，一进院就发现木雕、砖雕、石雕作品随处可见，绘画与书法结合在一起，十分精致。我抓紧机会拍了很多照片。

第三天就是奶奶的生日了，上火车前米兜给奶奶打了电话，然后担忧地对我说："好像奶奶还没有收到明信片，不知道下午会不会收到？"

"放心吧，就算今天收不到，明天收到奶奶也很开心，因为是你亲自为她挑选的。"

米兜犹豫了一下对我说："有一件事，我觉得我做得不对。"

"什么事呀？"我好奇地问。

米兜说："去年过生日时，姑姑送我一块电子表，我当着姑姑的面说不好看、不喜欢。我现在明白了，礼物都是人家精心挑选的，都代表着珍贵的情谊，我不应该说姑姑的礼物不好……"

她说话的声音越来越小，一会就听不见了。

第一次为别人挑选礼物，让她学会了换位思考，我感到很高兴。

"知道错了，就要勇敢地承认，不然现在给姑姑打个电话向姑姑说对不起吧？"

米兜接过手机，想了一下，就拨通了姑姑的电话……

最佳旅行时间：平遥一年四季都适合旅游，秋季最佳，因为那时秋高气爽，还可以参加摄影节。冬季虽然是旅游淡季，但是可以欣赏民间社火表演或白雪下的古城，且春节时古城年味很浓，也值得一游。

推荐景点：平遥古城内的明清民居保存非常完好，在街上一走就有进入时光隧道的感觉，古城内值得参观的景点有古城墙、古县衙、日升昌票号、明清古街等。如果要在平遥古城待个两三天，最好购买套票。古城外乡间的几处寺庙也比较有特色，如双林寺和镇国寺，也值得一游。我和米兜在古城游览期间就办理了套票，因为米兜对寺庙不感兴趣，所以我们就放弃了城外的景点，主要在古城内活动。

交通：平遥古城内禁止机动车辆行驶，数十辆环保电瓶游览车可以提供载客游览服务，联票配套城区全程服务75元/车次；城区单景点旅游服务30元/车次，每加一景点另加10元。古城内也有自行车租赁服务，价格也不贵。平遥县城很小，一般步行即可，没有必要乘坐出租车。我们在古城内都是步行的，米兜也很适应，没有吵累。

住宿：来平遥旅游最好住在古城内，客栈、青年旅社大都是古老方正的四合院，非常有特色，价格从三四十元一晚的床位到2 000元一晚不等。我们所住的客栈就在古城内，每晚100多元，去各个景点、购物、吃饭都非常方便。

美食：平遥饮食以面食居多，莜面栲栳栳、碗托、拔烂子、熏肘、水煎包都是不错的选择，比较著名的还有平遥牛肉。在平遥吃饭一般都会选择在古城内或者城外城门附近的餐厅。古城里面的步行街上几乎处处都有餐厅，大都以平遥特色为招牌，价格会稍微贵一些。

米兜对平遥的饮食不是太习惯，但是很喜欢吃这里的蜜汁山药，在平遥三天，吃了两次。

购物：平遥最有名的特产是"新平遥三宝"——牛肉、漆器、长山药，有兴趣的话也不妨买一点带回去。古城内的"明清一条街"有很多土特产店，可以在这里购买。另外，一些文艺潮流小店也值得一逛，比如米兜的明信片，我买的手工布鞋，都是在这里找到的。古城并不是很大，看到特别喜欢的东西可以先走上一遍，货比三家以后再出手。

注意事项：平遥古城大街上也有很多摆摊贩卖古旧物件的小商贩，不要轻易认为古城都会有宝贝，这些东西大都是假的，看一眼就好，嘱咐孩子不要乱摸乱动所谓的"宝贝"。再者，平遥游览车的价格比较混乱，不按标准要价的现象也比较严重，所以要向客栈老板请教，去远的地方可以找人拼车，一起砍价。

兵马俑引发的"小事故"（西安）

BINGMAYONGYINFADEXIAOSHIGU（XI'AN）

有了很多自由行的经历后，米兜慢慢懂得很多梦想都可以靠旅行实现，比如她知道世界的八大奇迹后，就梦想着亲眼看到这些奇迹，秦始皇陵兵马俑是米兜向往已久的；加上我从《舌尖上的中国》认识了西安美食，也很向往去一次西安。

离西安比较近，坐火车的话一个晚上就能到，来回选择火车卧铺，可以节省很多时间。

在卧铺上睡得并不好，第二天早上脑子昏沉沉的，提前预订好的酒店还不能入住。到了陕博，又因为大意没有发现有讲解服务，也没看出什么门道。直到下午在酒店补了觉，全家人才神清气爽，去小吃一条街大吃了一顿。

考虑到第一天在陕博的不愉快经历，米兜爸爸提议第二天早点起床坐第一班车去临潼兵马俑博物馆，赶在人少的时候参观，而且一定要请一个导游。

事实证明米兜爸爸的决定是非常英明的。

我们到达兵马俑博物馆时，还没有开始正式售票，售票口排队的人并不多，米兜爸爸排队，我就和几个四川阿姨商量好一起请一个导游。

一进一号坑的大厅，我们都被震撼了，加上导游的解说，一种历史感、沧桑感油然而生。

146

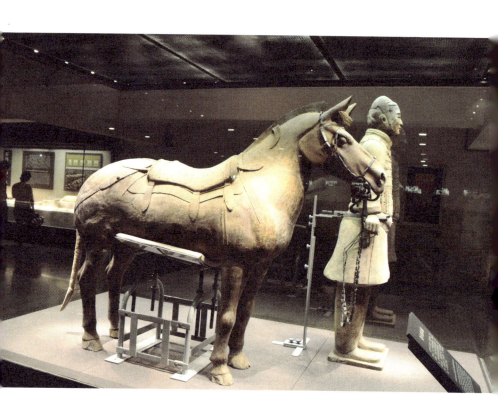

"刚发现时兵马俑都是碎片，是被项羽砸碎并放火烧的，你看那边就是火烧的痕迹，我们看到的完整的兵马俑是专家们一片片拼起来的……"

随着导游的讲解，我们缓步向前。我偷偷看米兜，发现米兜的表情十分郑重，紧紧跟在导游身边，还不停地问着问题。

最后我们近距离看蹲射俑，据导游介绍其已经被选为陕西省旅游形象，它面部表情很生动，衣服纹路、鞋底针脚都非常清晰。米兜兴奋得要跟"他"合影，合完影后饶有趣味地看相机里的照片。

从兵马俑博物馆出来我们坐电瓶车到秦始皇陵。到了秦始皇陵，我们在松林休息，吃东西、喝水，正好遇到一个旅行团。这个团的导游太厉害了，不仅讲历史，还讲怎么才能买到正宗的蓝田玉，怎么识别兵马俑工艺品的优劣。

米兜听了后对我说："我们也买一些小兵马俑带回家吧，我好喜欢。"

这个要求不过分，正好我们从导游那里学了一些知识，一定要用上。

离开景区时，必须经过几百米的商业区，两边有很多大同小异的店铺，卖的主要是蓝田玉手镯和兵马俑造型的艺术品。

我们走进一家店铺，并小声嘱咐米兜不要乱摸东西。

兵马俑放在一个透明的盒子里，几个一套，各种各样地组合在一起。我询问价格，老板说："这是铜质的，20元一个，100元一套。"

我拿起来试试分量，觉得不像是铜的，大概是涂了一层铜粉。

这时扭头一看米兜，正拿着一个灰黑色的兵马俑仔细端详着，我赶紧说："米兜，别乱动，赶紧放下。"

米兜被我一喊，赶紧放下，大概是动作比较重，听起来声音有点异样。老板过去拿起来一检查，递到我眼前看，说："你看看，摔掉了一块。"

这也太不结实了，怎么可能放下去就能掉一块？米兜不知所措，躲在爸爸身后，不敢说话。

米兜爸爸拿过来仔细观察了一下，然后让我闻他的手指，有一股刺鼻的药水味。这肯定不是什么铜制品、陶制品，估计是塑料制品。

老板说："这个摔坏了，我也卖不出去了，只能你们买了，这一个20元。"

米兜爸爸转移话题，问："这是什么材质的？"

老板回答："这个是陶烧制的。"

米兜爸爸笑了笑，自信地说："陶烧制的，怎么有这种味道，你看看这里面露出来的就是塑料。"

老板明知理亏，说："这个就是陶制的，算你们15元。"

米兜爸爸说："5元！不然我就找你们管理处投诉了。"

老板想了想无奈地说："好吧。"接着对着米兜说："小姑娘，以后不要乱碰东西了。"

米兜咬着嘴唇不说话，以我的经验，这是哭的前兆。于是我赶紧拉着她离开店铺，在附近找个有石凳的地方坐下。

"没关系，爸爸会搞定的。"

米兜一撇嘴哭了："我不是故意的——我就是不小心——妈妈，对不起。"

"是妈妈不好，当时要是不喊你，你也不会松手把东西磕坏。但是你为什么不听妈妈的话，进工艺品店，不能乱拿人家东西。"

一会儿，米兜停止了哭泣，说："妈妈，我错了，我记住了。"

米兜爸爸从店铺里出来了，拿着那个有点缺陷的兵马俑，递给米兜："给，这个留个纪念吧。"米兜嘟着嘴，扭过头不去接。米兜爸爸哈哈一笑，接着认真地说："你可要记住今天的教训，以后跟着妈妈出门旅行也一样，千万不要随便摸人家的工艺品。一些质量不好的工艺品，说不准一摸就坏了；也有可能本来就坏了，你动了一下，人家就以为是你弄坏的。"

"还有，景区的纪念品不能乱买，你忘记了吗？"我又补充一句。

米兜说："我没忘记，我现在终于知道景区纪念品为什么不能乱买了。"

因为一点小小的"事故"，米兜有些闷闷不乐，下午坐着公交车返回的时候一句话也不说，还一直拿着那个"塑料俑"。

爸爸安慰她说："事情已经过去了，不要再想了。"然后说服她把那个有刺鼻气味的塑料俑扔掉了。

我则转移话题，问她一进一号坑大厅的感觉，她这才激动兴奋起来，滔滔不绝地给我讲起来："中国人太伟大了，兵马俑太完美了。要是兵马俑能保留颜色，那就太漂亮了……"

看来兵马俑博物馆一行，对于米兜来说，非常有收获，我赶紧提醒她回去以后写旅游日记，从相机里挑选照片为日记配图。

下午回到市区，我们专门去了工艺品商店为米兜挑选了一套精美的兵马俑工艺品，为这次兵马俑之旅画上圆满的句号。

相信她每次看到兵马俑工艺品就会想起今天发生的事情，记住今天的教训。

　　最佳旅行时间：春季和秋季是到西安旅游的最佳季节，因为温度较为适宜，去骊山、华山等风景区，也能看到山花遍野或者层林尽染的美景；在大雁塔漫步，欣赏音乐喷泉，也会觉得十分惬意。

　　我们是暑假到西安旅游的，幸运的是这几天都是多云天气，所以没有觉得太热。

　　推荐景点：西安是一座历史古城，众多的历史人文景点都是必去不可的。秦始皇陵兵马俑号称世界第八大奇迹，来西安不得不看。陕西省历史博物馆内藏品丰富，值得一去，最好提前在网上订票。登上大雁塔远眺，古城风貌尽收眼底，还能欣赏最美的音乐喷泉。文艺青年可以上古城墙骑行一圈，倾听历史的沉浮兴衰。夜晚，钟鼓楼金碧辉煌，附近的小吃一条街是美食胜地，强烈推荐一游。华山是著名的旅游胜地，以奇石怪峰闻名，风景秀丽，离西安也不远，来到西安可以参加华山一日游，带着孩子的话推荐乘坐索道上山，途中领略壮美风光。

　　交通：西安的公交系统很发达，行车路线纵横东西南北，乘公交车基本就可顺利直达市内任何想去的地方。公交车大体分三类：普通公交车、空调公交车、中巴小公交，最好都自备零钱。另外，西安公交网络有很多旅游专线，比如从火车站发车，游1路到华山，游2路到法门寺和太白山国家森林公园，游3路到乾陵，是去景区的乘车首选。

　　住宿：西安是一个国际性的旅游城市，市内有各种不同档次的饭店和宾馆，住宿十分方便，价格不算太高。你可以根据你的行程安排选择住在火车站附近、钟鼓楼附近或者大雁塔附近。西安的春季与秋季为最佳的旅游时间，房价自然也会略有浮动，而且最好提前预约订房。

　　美食：西安美食具有浓郁的西北风情，肉夹馍、羊肉泡馍、凉皮、岐山面、饺子宴、灌汤包都是陕西名吃。在西安城内经营羊肉泡馍、肉夹馍的餐馆很多，几乎每一条大街上都会有几家店，即使没有什么名气的，吃起来也很美味。要想一次品尝这么多美食，最好去鼓楼后的小吃街，各种知名的西安小吃应有尽有。米兜和爸爸两人是"肉食动物"，非常喜欢西安的小吃。

购物：回民街的点心、腊牛羊肉、皮影艺术品、兵马俑复制品都是西安旅游热门商品，可以带回去一些。想买旅游纪念品的话可以去书院门文化街，对古玩有兴趣可以去化觉巷古玩街、八仙庵古玩市场逛一逛。想买回民特色美食，要到北院门回民街附近。

注意事项：西安有不少私车、黑车会打着公交车名号来拉客，这些车一般在火车站、汽车客运站、市郊景区比较常见，所以乘坐之前要看车身是否印有"公交"字样、车头是否有规范的线路编号、路线图或站名列表，并且要在规范的固定公交站点候车。带着孩子逛艺术品商店、古玩店，要提醒孩子不要乱碰物品，以防被欺诈。

有彩虹心情就不糟了（呼伦贝尔）

YOUCAIHONGXINQINGJIUBUZAOLE（HULUNBEIER）

在木兰围场曾与草原有一次短暂的接触，又一个暑假来临，我们酝酿着去一个"真正的草原"——呼伦贝尔草原。

这次一定要全家去，米兜才不会感到遗憾。而且旅途遥远，交通不便，必须有米兜爸爸为我们保驾护航。

经过一周的策划，确定路线后，我们就出发了。先到北京，然后从北京乘坐火车到达呼伦贝尔的经济文化中心——海拉尔。米兜爸爸提前找好的包车师傅兼导游小桑在海拉尔接应我们，第二天就踏上草原之旅。

在车上，小桑师傅就提醒我们，一路上尽量安排条件较好的家庭旅馆给我们住，但是草原的旅馆条件比不上市区，希望我们做好心理准备。

我赶紧说："我们没什么问题，因为经常出门旅行，什么样的情况都遇见过。"

但是我心里还是有些担心，因为带米兜出去，大都住在交通便利、购物方便的市区，虽然快捷酒店地方较小，但是卫生、热水都有保证，不知道草原上的旅馆的条件恶劣成什么样子。然后瞥了米兜一眼。

米兜似乎猜出我在想什么，坚定地说："我也没关系，我又不是娇小姐。"

她的话把我们都逗笑了。

随即，我们就被窗外的景色吸引了。

蓝天白云下，草原一望无际，公路延伸到很远很远，连迎面吹来的风都带着草原的味道。此时，正是我们家乡高温的时候，幸运的是我们来到呼伦贝尔草原享受沁人心脾的清凉。

继续前行，看到了让我们惊喜的景色，数量过百的牛马聚集在一起安静地吃草，一条清澈小河蜿蜒穿过草原。

米兜大喊："我要拍照！"

小桑师傅大概见惯了游客的反应，也不觉得奇怪，找个地方停车，让我们过去尽情地拍照，他坐在车上等我们。

一路上走走停停，到了下午天越来越阴，到了傍晚终于下起了雨。我们只好乖乖坐在车子上，小桑师傅一路拉我们到恩和，投宿事先谈好的家庭旅馆。

恩和是个小村子，到处都是木刻楞房子，我们所住的家庭旅馆也是木刻楞房子，外面一看很漂亮，但是进去后觉得有点泄气。

大概是因为下雨，地面上因人走过踩了很多泥水印子，屋子也显得有些潮湿。我们事先有心理准备，加上老板娘非常热情，我也没觉得有什么。

但是进入房间后，米兜就不高兴了，她东看看西看看，说："妈妈，这里被褥有点脏，我不在这里睡。"

我不动声色地说："那你换另一张床，那边不是挺好的嘛。"

米兜走过去翻看了一下，尖声说："这个更脏！我不在这里睡，我们换房间吧。"

米兜说的"脏"不过是被褥洗得有点发黄罢了，我并不觉得有什么，毕竟这里只是家庭旅馆，又不是什么五星级大酒店，没有必要那么苛刻。

我说："铺上你自己带的床单不就行了，有什么可大惊小怪的？"

米兜赌气说："那我去找小桑叔叔说。"她扭头就往外走，我一把拉住她说："不许去！老实在这坐着，待会去吃饭。"

现在是草原旅游旺季，小桑师傅好不容易才让人留下这个房间，我不想让米兜再给人家添麻烦。

米兜不懂我的心思，一味赌气，到吃饭时也不理我，我也不理她。

晚上睡觉时遇到更糟糕的情况，洗澡水不怎么热，更可怕的是在墙上发现了长黑毛的虫子，蚊子也很多。米兜大呼小叫："又潮又脏，怎么睡觉？"

爸爸说："你不是娇小姐，这话是谁说的呀？这里比不上大城市，村

子里的人都是这样生活的，都不睡觉早就困死了。"

我看到米兜的样子也很生气："再这样，以后不带你去旅行了。"

米兜带着哭腔，小心翼翼躺在床上，翻来覆去，好大一会儿才安静下来。虽然有些潮湿，但是玩了一天，觉得很累了，听着雨声，我一会儿就进入了梦乡。

第二天早上一起床，雨还在下，米兜的兴致看起来不错，吃了早饭还撑伞出去逛，回来后说看到了奶牛。

我问她："昨天晚上你怎么又耍小姐脾气了？你不是说你改了吗？"

米兜不说话。

我接着说："小桑叔叔费心给我们安排住的地方，开了一天车又那么累，你觉得你应该为一点小事就打扰他休息吗？"

米兜小声说："不应该，只是我……"

最后的话终于没有说出来，她肯定知道错了，但是情绪有点失落。在

旅馆待着几乎不怎么跟我说话，黏在她爸爸身边。

　　我知道我很严厉，但是有时严厉是应该的。

　　直到中午雨才停了，而且太阳也露出了笑脸。我们开车离开了旅馆，到下一个目的地。走着走着，米兜兴奋地说："看，彩虹！"

　　哇，真的有彩虹！草原升起了彩虹！米兜说："妈妈，我们下去拍照吧！"空气那么新鲜，草地像被水洗过一样，米兜甚至在草地上跳起了舞。

　　"心情好了？开始跟妈妈说话了。"

　　"有彩虹心情就不糟了——我知道错了，只是不敢跟妈妈讲话。"

　　哦，原来如此。

　　接下来的几天我们看到了白桦林、蒙古包、草原上的湖泊、美丽的驯鹿，尽情地享受着这里的美景。但是也遇到很多艰难的境况，旅馆停电、汽车爆胎、蚊虫叮咬……米兜和我们一起克服了困难，还结识了热情淳朴的草原朋友。

虽然后来投宿的家庭旅馆条件都很一般，但是米兜都没有发脾气使性子。后来在呼和诺尔草原我们住了一晚蒙古包，条件比前面的都差，我本来担心米兜会抱怨，但是没想到米兜也能做到泰然处之了，让我们感觉很欣慰。

这是真正的草原之旅。一圈走下来，米兜黑了，也瘦了，吃饭时也不再挑食，让我们省心很多，仿佛变了一个人。

我想，偶尔带孩子到艰苦的环境旅行，对于她来说，可能是最好的教育方式。

自助旅行家手册

最佳旅行时间：呼伦贝尔市的北部为林区，最佳旅行季节为5月和9月中下旬，这两个月份气温适宜，没有蚊虫侵扰。5月树木新绿，9月秋色染红大兴安岭。南部以草原为主，最佳旅行季节为6—8月，6月草短花多没蚊子，7—8月水草丰美，9月金色的呼伦贝尔是摄影爱好者的天堂。而冬季银装素裹的草原森林，给人的感觉也非常独特。

我们是趁米兜放暑假去草原旅行的，虽然蚊子很多，但是景色十分美丽。

推荐景点：呼和诺尔草原是呼伦贝尔大草原景色最美的地方，每到夏季，莺飞草长、牛羊遍地，这时来草原，可以在草原上骑马、吃"全羊宴"、参加篝火晚会，尽情体验草原风情。呼伦湖是草原上的明珠，宛若仙境。恩和、室韦独具民族特色的建筑和美食，也令人流连忘返。满洲里是北疆明珠，来这里可以看到金发碧眼的俄罗斯姑娘，品尝到喷香的大列巴。到了敖鲁古雅使鹿部落，与温柔的驯鹿为伴，在森林中徜徉，是体验鄂温克使鹿部落生活的最佳地点。

交通：先抵达海拉尔再包车前往其他景点，是游览呼伦贝尔的主要交通形式。包车一般分两种：一种按照天数一般400～500元，这里包括了租费、油费和可能有的养路费、过桥费等；另外一种是两个景点之间包车。也可以选择乘坐客运巴士，海拉尔是呼伦贝尔的政治和经济中心，这里有发往周边各个市镇的巴士。

因为带着孩子，我们直接选择包车，一路上司机师傅还兼任导游，我们十分省心。

住宿：海拉尔区和满洲里市都有很多宾馆、酒店，其中海拉尔区是呼伦贝尔地区的宾馆、酒店最集中之地，这里各档次的宾馆、酒店都有，总体条件也不错。在额尔古纳、室韦、扎兰屯等地，可以在客栈和家庭旅馆住，而且条件也不错。如果想体验草原生活，可以去住蒙古包，但如果是住牧民家的蒙古包，需提前联系好。

美食：呼伦贝尔是个多民族混居的地区，在蒙古族、达斡尔族、鄂温克族、俄罗斯族较集中的岭西等地区，仍普遍保留着本民族的饮食习惯。特色美食有手把肉、烤羊腿、俄式西餐等。海拉尔区的餐饮业最为发达，有各种风格的餐厅。此外，在室韦、恩和等小型观光城镇，可以在当地接待游客的民宿吃到具有本地特色的食物。

购物：呼伦贝尔的民族手工艺品和乳肉制品享誉全国，其中银制工艺品、蒙古刀、蒙古地毯、蒙古袍、木雕、根雕、版画都具有收藏价值，艺术爱好者可以挑选一些带回家。风干牛肉、奶干、炒米、黑木耳、白蘑、蓝莓酱、蓝莓干等土特产也非常适合带回去与亲人、朋友分享。购物地点首选海拉尔区，这里的中央街、西大街、桥头街三街交会处是当地的商业中心，很多商城云集于此。另外，满洲里市的中俄互市贸易区是满洲里有名的购物场所。

米兜非常喜欢蓝莓酱，买了一瓶带回家。而我则选择了黑木耳等干货带回家。

注意事项：暑期到呼伦贝尔旅游，一定要做好防蚊工作，这时蚊虫很多，花露水、风油精等必不可少，也尽量不要把胳膊、腿露在外面，不然肯定成为蚊虫的"美餐"。暑假是呼伦贝尔的旅游旺季，当地各种酒店、宾馆、甚至家庭旅舍，价格都会翻倍，而且经常没有房间，所以一定要提前预订。

遭遇西北大风沙（兰州）

ZAOYUXIBEIDAFENGSHA（LANZHOU）

我们的祖国幅员辽阔，有草原，也有沙漠，但是我和米兜都没见过沙漠。

在三毛的笔下，沙漠有一种苍凉之美，很让我向往，但是不知道米兜能不能领悟到"苍凉"的感觉。

我和米兜的下一站就是兰州，然后从兰州前往敦煌。

火车一进甘肃，越走越感觉荒凉，绿色也越来越少，我的心情不知怎么，变得有些沉重。米兜似乎没什么感觉，一如既往保持着对目的地的新鲜感和好奇心。

上午安顿好住宿，我们就赶去甘肃省博物馆。博物馆的藏品很丰富，而且我们遇到一个很好的志愿者讲解员，使我们领悟了丝绸之路的历史，感触颇深。

离开博物馆，我们就直奔黄河母亲雕塑。黄河母亲像位于黄河南岸的一个公园附近，是黄河题材的雕塑艺术品中最漂亮的一尊，具有很高的艺术价值，据说还在全国首届城市雕塑方案评比中获了奖。

一见果然名不虚传，黄河母亲面带微笑，神态慈祥，身材颀长匀称、曲线优美。米兜很喜欢这尊雕塑，连忙让我拍照。

正当我们拍得不亦乐乎时，就毫无征兆地刮来一阵狂风。本来我们也

不在意，一阵风来去匆匆也没什么好怕的。

只是这里的风一刮起来，就扬起漫天灰尘。一开始，远处灰蒙蒙一片，太阳也变得若隐若现，近处还能听到风沙的沙沙声。

不一会就感觉昏天黑地，好像世界末日到来一样。

米兜没见过这阵势，一下子惊慌失措，使劲抓住我的胳膊："妈妈，风好大呀，怎么办？"

我安慰她说："不用怕，风沙在西北很常见的，一会儿就过去了。"

我拉着她找了个背风的地方，蹲下来等待。

米兜委屈地说："妈妈，耳朵里、鼻孔里全是尘土……"

我笑着说："那不成了小土孩了——我小时候在野地里玩土，也经常弄得一身都是土，没关系，一洗澡就可以了。"

过了好大一会，风才慢慢变小。啊，坏了，刚才风沙最大的时候我没有把单反相机装进包里。

我赶紧举起单反，一伸缩镜头，还听到"咔嚓咔嚓"的声音，灰尘肯定进相机了。

我知道相机是非常精密的仪器，也不知道这样对相机有没有损害，忍不住祈祷它千万别半路停止工作。

米兜担忧地问："妈妈，相机会不会坏掉呀？"

我说："没关系，回到宾馆，我们用吹风机把里面的灰尘吹出来就没事了。"

相机我是不敢用了，装进包里，惴惴不安地回了酒店。

一路上看兰州这个城市，觉得它被蒙上了一层灰蒙蒙的颜色，让它看起来带着悲剧色彩。据说沙漠化已经成为困扰兰州的严峻问题，我们也从一场沙尘暴中体会到了。

一回到酒店，我们就洗澡换了一身干净衣服，然后拿着吹风机吹单反相机，摆弄了好大一会，再打开就听不到那种"咔嚓咔嚓"摩擦的声音了。

米兜似乎对兰州有些失望："妈妈，这里没什么好玩的，不然我们早点回家吧？"

坐了那么长时间的火车，才到一天，怎么就能轻易说回去呢？

我说："我们还没吃正宗的兰州拉面呢，还没有看到正宗的沙漠呢，怎么能轻易就走呢？"

米兜说："我害怕刮风，真的好脏。"

"就这一点点小困难就把你吓倒了？怎么做勇敢的旅行者呢？"

米兜不说话，我赶紧鼓励她："晚上吃了饭我们就去商场买纱巾和墨镜，出门的时候把脸蒙得严严实实的，就不用怕沙尘了。"

米兜总算点了点头。

其实，我特想给米兜讲一讲环境保护的问题，讲一讲沙尘暴是怎样形成的，但是怕她没有什么感触。等看到了真正的沙漠，她也许会对这个问题更感兴趣。

第二天，我和米兜围着鲜艳的纱巾、戴着墨镜出行，迎来了很高的回头率。我们把在兰州必须要逛的地方小逛了一下，品尝了兰州美食。傍晚，踏上去敦煌的火车，经过一夜，早上到达敦煌。

敦煌古称"沙洲"，地处河西走廊的最西端，是古代丝绸之路上的重镇。在我脑海中，敦煌是典型的西北地貌——沙漠、戈壁滩，一派荒无人烟的景象。

当看到落日下的沙漠，那种美真的深深震撼了我。我体会到一种荒凉之美，但是那种美又让人觉得悲哀、失落。

米兜自从看到沙漠以后就没说几句话，表情凝重，似乎藏着很多忧虑："妈妈，那会儿听到那个叔叔说，沙漠越来越大，鸣沙山也一直朝人居住的地方移动，是真的吗？"

"是真的，这就是沙漠化，没有绿色的植被，水土流失了，原来肥沃的土地慢慢就变成了沙漠。"

米兜惊愕地张大嘴，随即说："就没有办法阻止沙漠移动吗？"

"有啊，那就是植树造林——我们家乡有雾霾，你知道吗，想要治理雾霾也要植树造林，这些都是人类破坏环境惹的祸。"

我接着说："老师教育你们节约用纸、用电、用水，知道为什么吗？"

米兜摇摇头。

"节约用纸，就少砍一棵树；节约用电，就会少烧一些煤；节约用水呢——你也看到了，沙漠里多么干旱，生活在这里的人喝水都很困难。"

米兜恍然大悟："哦，原来是这样，我回去一定要告诉同学们爱护环境、节约资源的道理。"

在接下来几天的旅行中，米兜十分珍惜水，总是把瓶子里的水喝得一滴不剩，才会去丢瓶子。

我知道，这一趟旅行给她上了一堂生动的环保课，让她明白了非常重要的、别人讲几十遍也许都记不住的道理。

最佳旅行时间：兰州地处内陆腹地，气候干燥，昼夜温差较大，旅游最佳季节是春、夏之交，气候比较适宜。到了秋天，兰州很多瓜果都成熟了，来旅游的话可以大饱口福。我们是春天来兰州的，遭遇了很大的沙尘天气，让米兜一度失去了继续游玩的兴趣。

推荐景点：兰州的景点集中在黄河以南的南滨河路上，即著名的"黄河风情线"，有黄河铁桥、黄河母亲雕塑及水车博览园等景点，另外甘肃省博物馆、五泉山公园也都位于黄河以南。兰州周边也有很多比较值得去的地方，比如敦煌莫高窟、天水麦积山、张掖丹霞、永靖炳灵寺、夏河拉卜楞寺等著名景点。

交通：兰州公交车的起价都是1元，最贵不超过2.5元。西关什字为兰州最大的交通枢纽，有到达各个地方的公交车，游客可以来这里转乘。出租车起步价为10元/3公里，之后每公里1.4元。我们在兰州都选择公交出行，也很方便。

住宿：兰州作为省会城市、交通枢纽，住宿业比较发达，各个档次的酒店、宾馆应有尽有，游客可根据自身的需要进行选择。西关什字、张掖路步行街附近是兰州的商业和交通中心，是住宿的首选。我和米兜就住在西关什字附近，乘公交出行非常方便。

美食: 兰州随处可见清真餐馆，主食以各类面食为主，牛肉面、炒面片、凉面等都非常正宗，值得品尝。另外，牛羊肉的做法也很有特色，有黄焖羊肉、胡辣羊蹄、手抓羊肉等美食。兰州一些特色瓜果，比如黄河蜜瓜、白兰瓜、热冬果等，都值得品尝。品尝美食应该到兰州两条著名的美食小吃街，一条是张掖路步行街上的大众巷，另一条是正宁路的回民街夜市。米兜非常喜欢夜市上的牛奶鸡蛋醪糟，吃完以后念念不忘。

购物: 兰州的市花是苦水玫瑰，有近200年的培育历史，食用可做糕点和酿酒，外用可做香料，此外还能入药，有顺气和血的功效，可以购买一些。另外，兰州独特的土壤条件和自然环境培育出的百合，个大、味美，食用可以煮粥、炒菜，可以带回一些馈赠亲朋好友。兰州比较大的购物地点有东方红广场、张掖路步行街，土特产可以来这里购买。

注意事项: 兰州干燥多风沙，来旅游要为孩子准备防晒防沙的装备，防晒霜、伞、墨镜、长袖衫与帽子也是不可缺少的，一路都会用到。还要做好滋润保温工作，带一些润唇膏、面霜、面膜。特别是小朋友，嘴唇、脸颊容易皴裂，要备好儿童润唇膏和润肤霜。另外，到沙漠中观光，一定要多带几件衣服，沙漠昼夜温差很大，孩子很容易感冒。

美丽的新疆姑娘（乌鲁木齐）

MEILIDEXINJIANGGUNIANG（WULUMUQI）

"切糕事件"加上"恐怖事件"，使新疆这么美好的地方在人们的心目中留下了一丝阴影。当我产生带着米兜走一趟乌鲁木齐的想法时，心里还是有点忐忑的，幸好有在乌鲁木齐生活的朋友，一直鼓励我去看一看，让我相信乌鲁木齐的治安，况且暑假又是新疆景色最美的时候，我终于下定决心。

火车倒飞机，一天都在赶时间，到了乌鲁木齐有朋友接机，心才安放到肚子里。

一见面，朋友就直接带我们去新疆国际大巴扎吃晚饭。这里充满了浓郁的西域色彩，满街都是深眼高鼻的少数民族朋友，尤其是女孩子，都那么神采奕奕，非常漂亮。

米兜小声对我说："新疆姑娘为什么都那么漂亮？"

我也有这样的感觉，新疆姑娘眼睛那样深邃，又带着一抹羞涩，真想为她们拍下一张特写，又怕不礼貌。

晚饭吃的都是新疆特色美食——羊肉串、烤囊、烤包子、大盘鸡、酸奶，味道很赞，吃完饭我们就顺便在大巴扎小逛了一下，买一些随身携带的小食品，以备不时之需。

到处都是卖新疆特产的，雪莲呀，虫草呀，还有薄皮核桃、大枣、葡

萄干等干果，这些干果可让我大开眼界，因为个头要比我们平时在超市里购买的大得多。

带一些干果路上吃，又有热量，又有营养，是不错的选择，朋友也建议我们买一些。

米兜也一直念叨："我们买一些核桃吧，葡萄干也不错。"

不过我接着发现这里的伙计，大部分普通话说得不是太好，不断用手比划。我犹豫着向前走，突然看到一个干果摊子前站着一个年轻的新疆女孩。

只见她美丽的大眼睛骨碌碌转，非常机灵地推销自己的商品。

我走上前，问她："这种核桃多少钱一斤？"

她对我露出甜甜的微笑，说："你是说这种吗？"

出乎我的意料，她的普通话说得很好，虽然有的发音有点怪怪的，但是听起来也很好听。

米兜一听美丽的姐姐会说普通话，马上有了交流的兴趣："姐姐，还有这种葡萄干。"

这个女孩一看米兜，脸上的笑意更浓了，马上拿葡萄干给米兜品尝。

米兜友好地拒绝了，女孩笑着说："你们先挑好，价格都是可以商量的。"

来之前朋友就说过大巴扎商品的价格水分都很大，一定要使劲还价。看这个女孩也不说价格，我倒不知道该怎么办了。

我用眼神询问朋友，她示意我先挑，然后她来谈价格。

我和米兜挑选了大枣、核桃和葡萄干，朋友就开始和这个女孩讨价还价。

一开始朋友说了一个价格，女孩抿着嘴笑，摆摆手；朋友又说了一个价格，她略微思索一下，答应了，还顺手拿了两个大红枣添给我们。

米兜甜甜地说："谢谢姐姐。"

女孩羞涩地笑了，接着说："希望你们在新疆好好玩。"

买完东西，朋友就开车直接送我们到订好的酒店。路上，朋友说这个女孩要的价格水分并不是太大，看来是刚做生意不久，人很实在的。

我还没说话，米兜就抢着说："那个姐姐，长得又漂亮，人又好！"

我笑她："在你眼里，只要漂亮什么都好。"

回到酒店，我赶紧找手机想给米兜爸爸打个电话，报告一下今天的收获。但是打开包，发现手机不见了。

我心想，坏了，肯定是丢在什么地方了。

米兜赶紧提醒我："是不是在那个姐姐那里，买东西时丢在那里了？"

我一回想，当时确实拿出手机给大枣拍了一张照片，肯定是那里。

我拉着米兜打车去大巴扎，一路上我心里都很忐忑，她会还给我吗？会不会直接说没看见？米兜似乎意识到我的担忧，说："我相信那个姐姐，她肯定会还给你的。"

等到了大巴扎，米兜看到那个新疆女孩，远远地就打招呼："姐姐，我们又来了。"

新疆女孩正在招呼顾客，一看到我们，似乎并不惊讶，问道："你们是不是丢了东西了？丢了什么？"

米兜着急地说："手机，妈妈的手机。"

　　我补充说："是一个白色的手机，苹果的。"

　　新疆女孩一笑，露出整齐、洁白的牙齿，说："我就知道你们会回来。"随后弯腰从下面拿出一个手机递给我。

　　拿到失而复得的手机，我心情很复杂，为我自己刚才在路上的担忧而感到羞愧。

　　看到她那么忙，我们简单聊了几句就告辞了，她说："你们小心点，看好自己的东西。"

　　米兜说："谢谢姐姐。"然后又补充一句，"姐姐，你真漂亮。"

　　新疆女孩一如既往地露出羞涩的笑容。

　　到了酒店，米兜说："第二次看到姐姐，觉得比第一次更漂亮了。"

　　我说："那是因为你发现这个姐姐不仅外表美，而且心灵更美，所以觉得她更漂亮了。"

　　米兜点点头。

第二天，我们就坐车去天山天池——传说中西天王母娘娘的瑶池。看到了群山环抱中的高山湖泊，我和米兜都为眼前的美景感到震惊。如镜的湖面倒映着博格达峰，周围云杉环拥，风景如画，身在其中使人心旷神怡。

更重要的是，我的心境完全不同了。乘车、吃饭遇到的新疆人，在我眼里也变得那么亲切、友善。让我感觉到，新疆山水美，人也那么美。

回来后我问米兜为什么感觉那个姐姐会把手机还给我，米兜回答："不知道为什么，就是感觉。"

有的时候，生活就像一面镜子，只要你付出真诚的笑容，它也会回报你真诚的笑容，人与人相处亦是如此。但是，在这一点上，我比不上米兜。她用纯真的眼光看待这个世界，这个世界也变得纯真而美好。

她的话把我们都逗笑了。

最佳旅行时间： 乌鲁木齐的旅游最佳时间是8月和9月这两个月份，这时秋高气爽，瓜果成熟，来这里可以尽情享受蓝天白云，品尝特色新疆水果。冬天虽然是旅游淡季，但是周边一些景区开设了滑雪项目，也可以来体验，只是气温很低，不太适合孩子。

推荐景点： 在乌鲁木齐市区内可以游览红山公园、陕西大寺和汗腾格里清真寺，还可以去民族风情浓郁的二道桥国际大巴扎吃喝玩乐。城区外最有名的景点就是天山天池，来新疆必去的景点。此外水磨沟风景区、南山风景区、五彩湾、柴窝堡湖，也都有令你惊艳的景色。

交通： 作为省会城市，乌鲁木齐的公交线路很完善，还有三条BRT快速公交线路可以选择，票价统一为1元，晚22:00后调整为1.5元。乌鲁木齐的出租车起步价为10元/3公里，之后每公里1.3元，司机几乎全是汉族人，交流上没有问题。要注意的是，乘坐出租车要携带好身份证，司机一般都会出于安全考虑到路边检查站去登一下记；另外，上下班高峰期在市中心区域打车很难，最好选择乘坐公交车。

住宿： 乌鲁木齐市的酒店数量众多，类型齐全，选择的余地很大。带着孩子旅行，最好住在交通便利的地段，选择比较正规的酒店，比如酒店比较集中的区域有二道桥附近，火车站、汽车站等都位于此区域内，出行非常方便。

美食： 来到乌鲁木齐能品尝到新疆各族风味美食，如维吾尔族的抓饭、馕、拉面、烤羊肉、烤包子、酸奶子，回族的揪片、拌面、酥馍、烩面、凉粉，蒙古族的手抓肉、奶酪、奶豆腐、炖羊肉、火锅，俄罗斯族的面包、饼干、奶制品等。如果你不适应这些美食，还有川菜、粤菜、西式快餐可以选择。米兜并不是太喜欢拉面、烤包子之类的面食，但是对奶茶、奶豆腐、酸奶等奶制品很感兴趣。

178

购物：到了乌鲁木齐可以购买到全新疆的土特产，如艾得里斯绸、英吉沙小刀、和田地毯、金银首饰、锡伯族香袋、民族乐器、民族服饰、玉雕、木雕等旅游纪念品。新疆的瓜果名扬天下，如葡萄、哈密瓜、香梨、无花果、巴旦木等，但是很多不适合携带，可以选择一些干果如葡萄干、大枣、核桃带回家与家人一起品尝。二道桥、国际大巴扎的土特产都十分齐全，但是一定要砍价。乌鲁木齐的干果是小朋友的最爱，也是米兜旅途上的零食。

注意事项：新疆一年四季紫外线都非常强，无论何时去都需要防紫外线，墨镜、帽子、防晒霜必不可少。乌鲁木齐昼夜温差很大，能达到15℃左右，要注意防寒保暖，即使夏秋季节，也要带上厚外套。再者，小朋友来到这里贪吃瓜果，很容易腹泻，父母要适当控制。

一次充满遗憾的旅行（成都）

四川游计划了很长一段时间了，想去成都、重庆、九寨沟三个地方，时间最少是一周。但是考虑到米兜年龄小，我一个人带着她在外边"流浪"一周，可能对精力和体力都是挑战。

现在米兜慢慢长大了，而且也跟着我们走遍了大半个中国，对旅行的生活也比较适应了。秋季来临，我决定带着米兜到四川旅行。

作为资深"小吃货"，米兜对四川心仪已久。但是临行前我对她提出要求——不能贪食麻辣，饮食要听我安排。

米兜答应得很爽快，但是又弱弱问了一句："你不会一点辣的也不让我吃吧？"

我说："四川潮湿，吃一点辣的对身体没有坏处，但是要有所节制。"

米兜听明白了，我会让她吃一点的，非常高兴。

米兜从小喜欢吃辣的，但是北方干燥，为了防止她上火，我总是管着不让她吃辣的，这让她对"辣"无限向往。

我们的第一站就是成都——网友眼中吃货的天堂。成都市区有不少历史古迹，可以在美食游中穿插历史游，另外要去大名鼎鼎的大熊猫繁育基地，让米兜与大熊猫亲密接触。

我们的航班上午到达成都，计划下午游锦里、武侯祠，第二天游宽窄巷子、大熊猫繁育基地。利用空闲时间品尝网上热评的老妈蹄花、陈麻婆豆腐、厕所串串、砂锅鱼头等成都美食。

成都遍地都是美食，从酒店出来没走几步，我们就发现一家人气很旺的肥肠粉。店面不大，但是看到很多当地人进去吃粉，我和米兜果断进去找位置。

我们点了招牌肥肠粉、葱油饼和豆浆。米兜那碗肥肠粉要的是清汤，我的那碗要的是红汤。

一端上来我们就发现红汤的比清汤的看起来美味多了，米兜不情愿地吃起自己那碗清汤粉，没吃几口，就推给我，说："不好吃！"

我一尝，果然有一股膻味，再看周边的那些食客，好像也没有人点清汤粉。

米兜说："妈妈，我们换着吃吧？"

"不行，你原来没吃过辣的，要先适应一下，不然闹肠胃炎。"

米兜非常不高兴，噘着嘴说："那我放点辣椒总行吧？"

"我给你放。"我给她稍微放了一些辣椒油。但是米兜似乎不满足，自己又放了一大勺，还说："没关系，妈妈能吃辣，我也能吃辣。"

"待会闹肚子别说我没有提醒你哈。"

"不会的，妈妈放心吧。"

接着，米兜大快朵颐，吃得酣畅淋漓，一碗很快就吃完了。

吃完肥肠米粉，我们就步行到锦里。米兜一路上有说有笑，也没有出现肠胃不适的症状，我稍微松了一口气，心想是自己太紧张，吃点辣的也没多大关系。

锦里是成都最古老的街道，由一大片清末建筑风格的仿古建筑组成，历史韵味浓厚，路边小店看起来非常有特色，游人很多。

小逛了一会儿，这里的美食就吸引了米兜——"妈妈，我要吃这个""妈妈，我要吃那个"。她先后吃了一份豆花，十个串串，因为嫌辣还喝了一瓶饮料。

"米兜，今天差不多了，可不能再这么吃了，不然真的拉肚子了。"我不免有些担心。

米兜嬉皮笑脸地说："没事呀，你看我这不好好的嘛。"话音刚落，她的眉头一皱，说："妈妈，我想去一趟洗手间。"

刚出来，没走几步，她不好意思地说："妈妈，我还得回去上一趟洗手间。"

坏了，米兜肯定是闹肚子了。

等她出来，问她什么感觉，她说："胃里难受，还想吐。"

幸好我带着止泻药，赶紧让她吃了一粒。旁边大妈告诉我附近有一家社区诊所，我便急匆匆地带着米兜过去。

医生问了米兜的情况，说可能是因为一吃辣刺激了肠胃，导致的腹泻，这几天要吃一些清淡的流质食物，养养肠胃。

"米兜，听见医生说了吧，今天还不听妈妈的话。吃了那么多辣的东西，才会腹泻。"

米兜看起来很难受，也不说话，我也没有说什么。武侯祠是去不了，我们赶紧回了宾馆。

米兜吃了药，吐了一次，休息一段时间后腹泻的症状减轻了不少，但是肚子里没东西，有气无力的。晚上我带她去吃老妈蹄花，只给她点了一碗粥。

她吃什么都没有胃口，勉强喝了一点粥。

我说："要是今天晚上还不好，明天连大熊猫都看不了，后天直接去九寨沟了。"

米兜听出来是我在怪她，委屈地说："人家一下午都没吃什么东西，只能看别人吃，你还说人家。"

"那你能怪谁，我提醒过你呀，不能吃太多辣的，不然会闹肚子，你为什么不听呀？"

米兜把头埋进枕头里，踢着腿说："那你怎么不监督着我，你原来不是挺严格的吗？"

"米兜，你这样就不对了，自己没有意志力，怎么能怪监督者？"

米兜自知理亏，也不吭声了。

第二天本打算先去宽窄巷子吃小吃，然后去大熊猫繁殖基地，但是米兜这个样子什么也吃不了，我们就改在酒店吃早饭，然后直接去大熊猫繁殖基地。

大熊猫繁殖基地比我想象得要大，有开放研究实验室、兽医院、兽舍和熊猫活动场、天鹅湖、大熊猫博物馆、大熊猫医院、大熊猫厨房等，自然山野风光也非常好，除了观赏大熊猫，还可以了解大熊猫的知识。

只可惜米兜早上、中午基本上都是喝粥，精力不济，就连和大熊猫照合影也显得有气无力。

等离开成都时，我问她："这次来成都旅行留下很多遗憾吧，很多地方都没有去，很多美食都没有吃。你知道为什么吧？"

"妈妈明知故问，就是因为我闹肚子的事情呗。"

"那你为什么闹肚子？"

米兜不好意思地说："妈妈，我知道了，我这次可记住了，肠胃不舒服太难受了。我以后听妈妈的话，因为妈妈都是为我好。"

我点头："这样想就对了，'吃一堑长一智'就是这个意思。"

一次生病的经历、一次遗憾的旅行，也许会让米兜明白更多的道理。

自助旅行家手册

最佳旅行时间：成都的气候比较潮湿，日照较少，常年多云雾，春秋两季气候较为适宜，比较适合游玩。夏季闷热，冬季阴冷，都不太适合来成都旅行，但是夏季可以到青城山、西岭雪山、龙池森林公园等地避暑，冬季可以到西岭雪山赏雪景。

推荐景点：成都历史悠久，有"美食之都"的称号，市区内必去的景点有宽窄巷子、锦里、武侯祠、杜甫草堂、大熊猫繁殖基地，景点比较集中，两天就可以逛个大概。最精华的几处景点分布在周边，如都江堰、青城山等，也是不可错过的风景。小朋友一般都很喜欢大熊猫繁殖基地，来了成都一定要去一趟，给孩子了解国宝的机会。

交通：成都现有地铁1号线、地铁2号线，车票采用2元起价的区间计价制，非常快捷。另外，成都公交车四通八达，市内各景点都有公交车到达，大多数公交车为无人售票车，需要提前准备好零钱。市区各大路口都设有"成都通"信息亭，可自助查询公交线路。如果在成都时间较长，可以办理天府通公交卡，车票半价，2小时内可以免费转车。

住宿：成都住宿比较方便，整体上价格也不算太高，你可以根据需要选择各种档次的酒店。成都几大住宿区集中在春熙路商圈、宽窄巷子附近、锦里区域，春熙路商圈是成都市区最大的交通枢纽，购物也比较方便；宽窄巷子附近充满了市井气息，可以体验成都的慢生活；锦里区域附近有四川大学，美食云集，比较安静。我们就住在锦里附近，只可惜米兜闹肠胃炎，没有尽情品尝美食。

美食：成都是众所周知的美食城，历史悠久的川菜、各种小吃，令人唇齿留香。四川火锅、鱼头火锅都值得品尝，蹄花饭、厕所串串、陈麻婆豆腐、豆花等风味小吃也不能错过。春熙路、锦里、宽窄巷子、文殊院美食街都是美食圣地，即使不去这些地方，你也能在成都街头巷尾发现琳琅满目的地道小吃。

　　购物：成都出产"四大名锦"之一的蜀锦和"四大名绣"之一的蜀绣，瓷胎竹编、青城丝毯都精美绝伦，是收藏者的最爱。爱好吃的朋友可以带回两瓶正宗的郫县豆瓣酱，在家学习烹饪川菜。成都的购物街集中在春熙路、总府路、骡马市一带，从大型百货、超市到摊贩以及旅游纪念品店一应俱全。

　　因为米兜身体不舒服，我们没有足够的时间去购物，所以留下一些遗憾。

　　注意事项：成都一年四季多雨，记着要随身携带雨伞，以备不时之需。成都是美食之都，无论大人孩子来到成都都会品尝这里的小吃，但是成都小吃以麻辣为主，一下子不习惯的话可能会刺激肠胃，尤其是小朋友的肠胃较弱，切忌暴饮暴食，应准备一些肠胃药。

留住那片不一样的风景（九寨沟）

米兜身体好得差不多了，我们就从成都赶往九寨沟。

现在正好是九寨沟一年最好的季节，加上成都游玩得不太尽兴，我们都对九寨沟心存期待。

一般来说九寨沟一天是玩不完的，但是沟内明文规定是不可以住在沟里的，第二次再进沟的话花费太大，只能充分利用这一天的时间，好好欣赏九寨沟仙境一般的美景。

因为提前看好了攻略，我们早有准备，随身携带了面包和水，早早地到售票口排队买票。

九寨沟一开门，我们成为第一批游客，顺利坐上最早的一班观光车。初秋的早晨，山中的雾气还没有散去，云雾缭绕在山间，恍如仙境。各种叫不出名字的树的叶子已经变成了红色、橘色、黄色、嫩绿，在碧水的映衬下，显得五彩斑斓、美丽绝伦。我坐在观光车上不停地拍照，想把一路上的美景记录下来。

等看到五彩池，我们两个都感觉非常神奇，因为这一汪水在太阳的照耀下，呈现出不同的色彩。有的地方是碧蓝色，有的地方是橙红色，有的地方是天蓝色，有的地方是橄榄绿色，池水清澈通透，透过水面能清晰地看到池底岩石的纹路。

我和米兜流连忘返，干脆坐下来休息，补充能量。

米兜喝完水就四处张望找垃圾筒，没有找到就随手把瓶子丢在旁边的草丛里，杂草很高，不仔细看根本看不到。

我注意到她的动作，喊道："米兜！你怎么把瓶子扔进草丛里？没有垃圾筒吗？"

米兜解释说："我没有找到垃圾筒，就丢在草丛里了，反正也看不到，不会影响别人。"

其实米兜在景区很少乱丢东西，这次是因为一时没有找到垃圾筒。但是我还是很生气，命令她："捡起来，装到自己的背包里。"

米兜说："都已经扔了，捡回来多脏呀，下次我注意就是了。"

"不行，必须捡回来！"我的语气很强硬，气氛一下子变得尴尬起来。

在旅行途中，我经常为别人不文明的行为生气，今天看到自己的女儿竟然也这样，怒气不可遏制。

米兜看出来我生气了，磨磨蹭蹭地走过去，不情愿地捡起水瓶，装进自己的背包，然后默默地坐在那里，也不吭声。

我知道她内心虽然不情愿，但是又没有办法反驳我，所以假装对我冷淡。

我不以为意，面对五彩池静静地坐着，享受这仙境中的静谧。

休息片刻后，我们继续乘坐观光车，到达长海。

长海的水是深邃的墨蓝色，四周山峦叠翠，对面的群峰竟然已经蒙上了初雪。山水交相辉映，仿佛是有冰雪女王居住的童话世界一般。

这时已经临近中午，游客也越来越多了，很多人和我们一样，为了节省时间，随身携带着食物，随时补充能量。

我问米兜："饿不饿？吃一些面包吧！"

米兜还是不说话，自己拿出面包吃起来，吃完后把面包袋、空瓶子默默装进垃圾袋，放到自己的包里。

这时我注意到，旁边树下有食物袋子和矿泉水瓶子，虽然被草遮盖着，但是仔细看还是能看到。

"米兜，你看，乱丢垃圾，早晚会破坏这里优美的环境。刚才你差点就做了这样的事情。"

米兜点点头。

"那你还在生我的气？"

米兜不好意思地说："妈妈，我没有生你的气，我早就知道错了，刚才我都把垃圾装进包里了，看到垃圾筒再丢。"

我点点头，说："那就对了，这里真是一片净土，但是如果大家都不懂得保护的话，这一片净土也早晚被人类污染，等你长大了也许再也看不到这样的美景了。"

听了我的话，米兜的表情一下子变得凝重起来，沉默片刻说："那我们把这些垃圾捡走吧。"

我没想到米兜提出这样的建议，觉悟比我还高呀，我特别高兴，赶紧说："好啊！"

我们两个从包里找到一个比较大的垃圾袋，把周围可以看到的一些垃圾捡起来，装进袋里，找垃圾筒丢进去。

我说："今天的事情可要打电话向爸爸汇报，爸爸一定会表扬你的。"

米兜不好意思地笑了。

下午，我们在原始森林做短暂停留，又赶到箭竹海和熊猫海。一路上，米兜看到空瓶子，都会捡起来，找到最近的垃圾筒丢进去。我为她的行动力而感动，我觉得有时这样的一件小事是成年人都做不到的。

九寨沟景区很大，处处都如同仙境，每一处风景都给我留下深刻的印象，每到一个地方我都摁下快门记录下如诗的美景。一天的时间一眨眼就结束了，我们也只在不到二分之一的景点停留，大部分的景点都是在观光车上走马观花看到的。

离开九寨沟时，我俩都有点依依不舍，我问米兜："就只能玩一天，觉得遗憾吗？"

米兜说："留点遗憾，下次带爸爸一起来。"

稍微停顿了一下，她接着说："我感觉仿佛来到了童话世界，但是我很害怕游客把这个童话世界破坏了，下次带爸爸来看到的景色没今天这么好了。"

"那我们应该怎么做呢？"我问她。

米兜想了想，笑着说了一句爸爸经常说的一句话——"除了照片什么都不要带走，除了脚印什么都不要留下。"

"对，好孩子，这一方净土需要我们来保护，我们一起努力留住这片不一样的风景。"

米兜非常认真地点头。

这次九寨沟之行虽然短暂，但是对于米兜和我来说意义非凡。我执着地带着米兜旅行，就是希望她多接触大自然、认识大自然，从而敬畏大自然，做一个环保的旅行者。我相信米兜会朝着我希望的方向努力。

最佳旅行时间：一年四季九寨沟的景色各异，但是最好的时节是春末至秋初这段时间，到了秋天，九寨沟的树叶变得五彩缤纷，景色非常漂亮，且气候宜人，但是昼夜温差较大，要随身携带一些衣物。

我们就选择秋天去的九寨沟，这里五彩缤纷，恍若仙境，米兜还说此时的九寨沟肯定会有仙女降临。

推荐景点：九寨沟由三条沟组成，景点都分布其中，四季景色各异，著名的景点有树正群海、诺日朗瀑布、五花海、犀牛海、五彩池、珍珠滩、长海、镜海等。

九寨沟的每个景点都值得一游，但是一天时间肯定不够，可以事先看好攻略选择自己最感兴趣的几个景点。

交通：景区内各景点间的交通，以景区观光车为主，观光车循环行驶在树正沟、日则沟、则查洼沟这三条沟之间，在主要的景点都有站点供上下车，诺日朗中心站可以换乘各个方向的车。车票在沟内有效，出沟再进就无效了。如果想近距离接触九寨沟的美景，在一两个景点之间徒步，也是很好的选择。

米兜经常旅行，徒步的话难度不大，所以我们选择了一小段徒步，起到了锻炼身体的作用。

住宿：为了保护沟内环境，景区内不允许住宿，如果被抓到就要罚款500元，并被请出沟。如果坚持住在景区内以便第二天继续游玩，可以尝试与沟内藏民商量住在其家中，住宿的价格从20～70元不等。沟外住宿条件较好，选择面较大，而且餐饮、购物都比较方便。

美食：九寨沟地处藏族、羌族自治区域，饮食带有这两个民族的特色，食品有烤全羊、手扒牛排、杂面、洋芋糍粑、青稞酒、洋芋糍粑、九寨柿饼、荞面饼、九寨酸菜面等，但不是太适合一般游客的口味，价格也较高。

因为米兜肠胃比较娇弱，我怕她适应不了这里的饮食，就自带了面包、水进沟，没有品尝当地美食。

购物：喜欢工艺品的游客，可以在九寨沟购买一些当地的羌族刺绣和藏族手工艺品；另外，九寨沟的贝母、虫草、麝香、花椒、蕨菜、木耳等都非常有名，也值得购买。但是如果对这些东西不是太懂，购买的时候要谨慎，并要大胆砍价。沟外购物地点有彭丰村、边边街，沟内购物地点有树正寨的九寨民族文化村、诺日朗游客服务中心。

注意事项：九寨沟地处高原，早晚温差很大，有的景点还比较寒冷，带着孩子游玩，最好随身携带足够的衣物和一个保温的旅行水壶，以免着凉，引起肠胃不适。另外，孩子没有在高原生活的经历，很容易水土不服，所以谨慎饮食，不要大吃大喝，不太适应当地饮食的应多带一些方便食品。

到处都是台阶的山城（重庆）

DAOCHUDOUSHITAIJIEDESHANCHENG(CHONGQING)

　　九寨沟之行结束了，我们乘坐飞机赶往重庆。

　　重庆有"火炉""山城""雾都"的别称，据说其夜景可以和香港媲美，市区内有许多年代久远的巷子，市区外还有大足石刻、天生三桥、神龙峡、金佛山等5A级景区。

　　我和米兜商量，第一天先在重庆市内逛古镇、尝美食、赏夜景，养精蓄锐，然后再拿出两天的时间逛市区外的景区。

　　一到重庆，我们就领略了山城的"魅力"，到处都是台阶，到处都是上上下下，半点方向感也没有。

　　特别是打车到我们住的酒店，司机远远地就把我们放下了，交代我们一直往上走就看到了。

　　米兜一看前面长长的台阶，疑惑地说："难道台阶尽头才是我们住的地方？"

　　我无奈地回答："我也不知道，我们上去吧，就当锻炼身体了，一定要坚持哟。"

　　米兜背个双肩包，我背着双肩包，还拉着箱子，真是"一步一个脚印"地往上爬。

　　走了几步，米兜说："这里的人都这样要走很远的台阶吗？那老爷爷

老奶奶怎么办呢？他们不小心摔倒怎么办？"

这时，我想起了重庆的"棒棒军"，说："也许习惯了就没事了，这里的老爷爷老奶奶肯定都特厉害。"

气喘吁吁走到中间，终于看到酒店的招牌，我和米兜大呼万岁。

但是高兴得有点太早，进去酒店还要上台阶，进了房间还有台阶，在阳台上站着一看后面就是一个小小的悬崖。

我们第一次住这样的房子，感觉很新奇。

在房间休息了一会儿，简单换了身衣服，我们就出发寻觅美食了。

走到主干街道，又看到各种梯子、台阶，过天桥、上轻轨都要爬梯子，这对于从小生活在平原的我们来说，还是有点难度的。

重庆遍地都是火锅店，我们就选择吃火锅了，我和米兜大快朵颐之后就出来准备坐轻轨到磁器口古镇。

这时，米兜突然指着远处，说："妈妈，你看，有老爷爷老奶奶在爬台阶。"

我一看，一对头发花白的老人正相互搀扶着上台阶，"怎么样，重庆的老爷爷老奶奶很厉害吧？"

　　米兜没说话，仔细看了一会儿说："我觉得老爷爷老奶奶走得很吃力呢。"

我定睛一看，果然如此，老奶奶腿脚好像不太好，老爷爷一手拉着她，一手还吃力地拎着大袋子。两人走得非常慢，每上一个台阶都停一下。

"米兜，我们去帮助老爷爷老奶奶吧，他们好像很累。"

米兜欢快地回答："我也是这样想的，我们快去。"

说着，米兜就一溜烟儿跑过去，一边上台阶一边喊："爷爷奶奶等一下。"

两位老人看到米兜，不知道发生了什么事，感到很惊讶。

我上前解释说："孩子看你们走得吃力，想帮助你们。"

老爷爷一下子笑了，客气地说："不用不用，走几步就到了。"

米兜没有说什么，过去就搀扶老奶奶的胳膊，我则接过老爷爷手里的袋子。袋子还真沉，里面好像都是重庆的剁椒、辣酱之类的特产。

看来老爷爷老奶奶也是来旅游的，一问果然不错，两人来自陕西，退休了就到处旅游，去过很多地方了。只是来到重庆，感觉很潮湿，老奶奶的风湿病犯了。今天他们就要离开了，专门去超市买一些特产打算带回家。

米兜听我们谈话，兴奋地说："爷爷奶奶，我们也是来旅游的。"

我笑着说："你看爷爷奶奶岁数都这么大了，还出来旅游，以后你可千万不要说自己累了。"

米兜说："爷爷奶奶真棒！"

老奶奶说："我们年纪大了，出来旅游总是有些不方便，但是一遇到困难就有好心人帮助我们。今天，就遇到了你们。"

我说："我没有注意到你们，米兜眼尖，一下子就看到你们了，说你们爬台阶吃力。"

老奶奶摸着米兜的头说："是吗，米兜真是一个懂事的好孩子。"

我们四个人有说有笑，也不觉得台阶长了，一会儿就把他们送到了酒店。

做了一件好事，米兜看起来高兴极了，到了磁器口古镇，她还一直哼着小曲，轻快地跑在青石板路上。

磁器口古镇有很多小巷子，两旁边都是明清风格的建筑，可以领略到

"老重庆"的风土人情。参观了钟家院、通家院等典型的川东山地民居后，我们转进一个僻静的小巷子。这里地势高高低低，房屋错落，绿色植物充斥着角角落落，感觉很有味道。我们还看到玩耍的孩子，和与猫为伴的老人。走累了，我们就进了街边的一个茶馆。

我问米兜："今天为什么这么高兴？"

米兜说："我也不知道，反正挺高兴！"

"是不是因为帮助了老爷爷老奶奶，觉得心里很满足？"

米兜低头想了想，说："好像是吧——对了，妈妈，我现在终于知道'助人为乐'的感觉了，帮助了别人，自己就是感觉很快乐。"

我怜爱地摸摸她的头发，语重心长地说："既然体会到这种快乐，就学着多多帮助别人。有一句话是'赠人玫瑰，手留余香'。"

"什么意思呀？"

"就是虽然你把玫瑰送给别人，但是你手上留下了玫瑰的香气，就像你付出爱心，快乐留在心中一样。"

米兜想了想说："好深奥……"

那天下午我们还在磁器口品尝了"美食三绝"——毛血旺、千张皮和椒盐花生，顺便买了有名的"陈麻花"做消夜。晚上还到解放碑步行街欣赏夜景和美女。

这一天不过是旅途中平凡的一天，行

程也是走走停停、吃吃喝喝，但是因邂逅那对老人而变得不寻常，因为我们小小的善举而变得很有意义，因为米兜的快乐而变得更加珍贵。

第二天要去游玩大足石刻，相信米兜又会有不平凡的经历。

自助旅行家手册

最佳旅行时间：春季和冬季是游重庆最好的时节，春冬两季比较温暖，气候适宜，可以在市区内逛古镇老巷，也可以到解放碑步行街品尝地道的美食。如果夏秋来重庆，可以到城外感受秀美的山川景色。

推荐景点：重庆市区的景点主要分布在渝中区和沙坪坝区，可以到渣滓洞、磁器口古镇品味老重庆风情，到解放碑步行街欣赏美景，到朝天门广场俯瞰两江汇流。重庆下辖区县值得一游的景点有大足石刻、神龙峡、钓鱼城、缙云山等，还可以到著名的三峡景区领略长江两岸的美丽风光。

交通：重庆运营的轨道交通线路有4条，分别是1、2、3、6号线，最低2元分段计费，比较快捷，是出行的首选。公交车分普通车和空调车，普通车票价1元，空调车票价2元。因为山城路况比较特殊，有时坐公交车还不如步行省时，如果两地距离不是太远，又有足够的体力，可以尝试步行。重庆出租车比较便宜，对方向方位不敏感，又带着孩子的可以打车。

米兜脚力不错，比较近的地方我们都选择步行，但是要提前查好路线，不然很容易迷路。

住宿：重庆各种档次的酒店、宾馆应有尽有，选择余地很大。在重庆的主城区内，酒店、宾馆集中区域主要有解放碑区域、沙坪坝区域、南岸区域和江北区域。解放碑区域是重庆最繁华的地段，交通非常便利；南岸区域有重庆最为火爆的餐饮一条街和南山一棵树观景台；沙坪坝区域内景点比较多，高校云集；江北区域离机场较近。可以根据需要自由选择。

美食：重庆菜主要用辣椒、胡椒、花椒、豆瓣酱等调味，有辣、酸辣、椒麻、红油、糖醋、鱼香、怪味等各种味型。最知名的美食是重庆火锅，来到重庆不得不尝。除了火锅，来重庆，也一定要品尝有名的酸辣粉、棒棒鸡、抄手、陈麻花、山城小汤圆等有名的小吃。

米兜有了成都的惨痛经历后，不敢吃太辣的，我们选择了麻辣、清汤底料分隔的"鸳鸯火锅"。

购物：重庆民间手工艺品有荣昌折扇、三峡石砚等，风味食品有江津米花糖、涪陵榨菜、合川桃片等，都可以带回来一些馈赠亲朋好友。如果非常喜欢重庆火锅，可以带一些重庆产的火锅底料回家。市内推荐购物地点是解放碑步行街附近，那里商场云集、交通便利，非常适合逛街购物。

涪陵榨菜和火锅底料在我们家乡的超市都能买到，我们就买了一些江津米

花糖带回家，米兜非常喜欢。

注意事项：重庆的气候潮湿，有时候洗了衣服第二天不一定会干，所以要为孩子多带几套轻便的衣服用于换洗，而且昼夜温差较大，外套也要随身携带。重庆号称"山城"，地势复杂，很多地方都要爬台阶，要做好心理准备。公交车在很多地方都是单行道，下车一个站，返程时有可能要到很远的另一个站坐，还要多多注意看车站旁的站牌，以免找不到站。

在洱海边学学骑自行车吧（大理）

ZAIERHAIBIANXUEXUEQIZIXINGCHEBA（DALI）

　　一个地方，有古城，有山，有海，有美丽的姑娘，有歌，有舞，那就是云南大理了。人们用"风花雪月"这个成语来总结大理的美景，给了我无数的想象。

　　到云南，第一个要去的地方就是大理。华北地区最炎热的时候，据说那里凉爽宜人，于是我决定带着米兜再次出发，就当是避暑了。

　　安排好行程，我和米兜绕开昆明，直飞大理。

　　到了大理我们先去的大理古城。古城虽然历史悠久，但是因为旅游开发，处处透露出商业气息，走马观花游览一遍，也没有留下深刻的印象。洋人街上有一些特色店铺，但是很多地方的特色街道大同小异，没有让我们感到惊喜。

当天我们就乘坐班车到达双廊，这里的客栈非常有艺术气息，就在洱海边上，有种"面朝大海，春暖花开"的感觉。

我和米兜商议像游杭州西湖一样，来一次"慢旅行"。傍晚沿着洱海步行拍照，遇到很多骑行的年轻人，我不由得也心动起来。

"米兜，想不想骑自行车？我们也租一辆自行车骑吧！"

米兜羡慕的目光追随着那些骑行的俊男靓女，然后说："妈妈，不然你教我骑自行车？"

米兜只骑过那种儿童自行车，还没有骑过真正意义上的成人自行车，能那么容易学会吗？我怀疑地说："你行吗？"

米兜自信地说："怎么不行？我的同学小敏就学会了。你看这里路上的人很少，学起来也不妨碍别人呀。"

我一想自己也是在小学就学会骑自行车了，那时腿不够长，就蹬半圈。米兜的个子比我当年高，应该没有多大的问题，不妨让她尝试一下。

第二天一大早我们就去租自行车，给米兜选了里面最小的一辆，在从双廊骑到挖色的公路上练习。这里能看到碧水蓝天，微风习习，吹起洱海波光粼粼，在这里学骑自行车，真是心旷神怡。

公路是刚修好的，很平坦，人也很少。我对米兜讲："要让自行车动起来，它才能保持平衡。"

米兜信心十足地推起自行车，推着助跑了一小段，但就是不敢上。

我不断地鼓励她："很简单的，只要你先上去，胆子大一些……"

米兜又助跑一段，推着自行车又溜了回来，还是不敢上。"妈妈，感觉自行车东倒西歪的，上去肯定会摔倒。"

"你先别动，看我骑。"我向她示范了一遍。当时她还是不敢上去，来来回回溜车，做的都是无用功。

于是我说："这样，我扶着自行车，保证不松手，那你敢上去了吧？"

米兜说："敢，但是你要保证不松手。"

"好，我保证！"

米兜站在前面，我在后面扶着后座，助跑一小段后，我催促米兜："快上，快上。"

米兜大着胆子骑上自行车，脚刚刚接触到脚踏板，一用力，歪歪扭扭地往前走。

我气喘吁吁地跑在后面，跑了一头汗，一手扶着自行车，还一边夸奖米兜："真棒，米兜你真勇敢。"

米兜还不放心地喊："妈妈，你千万别松手。"

这一次骑出去几百米，虽然是在我的帮助之下，但是也算一个小小的开始。然后我们稍微休息了一下，打算再来一次。我心里默想，等一会儿看她骑稳了自己就松手。

和第一次一样，她在前面，我在后面扶着，等她上车骑稳以后，我就悄悄地松手，但是还一直跟在后面，"米兜真棒，坚持坚持哈。"

米兜不经意间侧脸一看，大吃一惊，喊道："妈妈，你怎么松手啦！"

一下子重心不稳，自行车东倒西歪，我想拉没有拉住，自行车一下子倒在地上，米兜也侧身倒下，一条腿被压在自行车下。

吓了我一跳，我赶紧过去拉她起来。幸好自行车很轻便，路上也没有什么杂物，米兜除了沾点土外没有受伤。

但是这时几个女孩骑着自行车经过，米兜觉得摔倒被人看见很尴尬，一下子满脸通红。

我拍着她身上的泥土，关切地说："没事吧，胳膊、腿都疼不疼？"

米兜嫌恶地推开我的手，生气地说："不是说不让你松手吗？"

我解释说："你已经骑稳了，我松手也没关系，你是心理上有压力，所以害怕了。"

米兜"哼"了一声，扭头不理我。

这时太阳渐渐升起，感觉紫外线很强，我额头上布满了细密的汗珠。

"来，别赌气了，我们再练一把，你马上就能自己骑了，我们骑慢一点。"

"我不练了，你自己骑吧。"她丢下自行车就往回走。

看到她这个样子，我气不打一处来，跑过去一把拉住她，训斥道："要走，把你自行车还了再走！你要再这个样子，今天就退房，直接回家！"

她红着脸，气鼓鼓地推着自行车往回走。

自行车我们租了一天，本打算中午骑到挖色，在那边吃午饭，下午返回来，一路上好好欣赏洱海风光。现在计划泡汤了，我心里也十分气恼。

一路上我们两个也不说话，把米兜那辆小自行车还了，直接回了客栈。

吃饭的时候，我说："下午你哪都别去，就在客栈待着吧，我到洱海边骑自行车去。"

米兜看出我还没有消气，没说话，但是看得出她很不情愿自己留在客栈。过了一会儿，怯生生地说："妈妈，带我一起去吧，一个人在客栈多没意思呀！"

"我骑自行车去，你又没学会，怎么去？我可没有答应带你。"

米兜低着头不说话了。

我说："学自行车是你自己提出的，你为什么自己放弃了？不就是摔了一跤嘛！"

米兜解释说："我特别想骑自行车，但是学起来太难了，我怕摔。"

"其实你已经骑得很好了，不然我怎么会放手，是你太紧张了。"

米兜坐过来，亲昵地把头倚在我的肩上，撒娇说："妈妈，对不起，我知道了。"

我捏捏她的鼻子，说："知道错了就好，今天下午我带你去海边玩，明天接着学自行车怎么样？"

米兜高兴地点点头。

下午我带着米兜骑行，穿过村落、农田，收获了一路的风景，骑累了就从公路边走下石阶到洱海边，坐在长椅上小憩。

第二天，米兜果然学会了骑自行车，虽然还不太熟练，但是终于体会到挫折以后收获成功的喜悦。

最佳旅行时间： 春季是游大理的最佳时间，这时气候温暖湿润，苍山洱海风景优美，白族的很多节日和盛会也集中在3月前后。大理四季不是太分明，夏秋两季比较容易下雨，蓝天绿水之间，也是避暑的好时候。

我们是夏季来大理的，幸运的是没有遇到雨，常常多云，非常舒适。

推荐景点： 人们称大理是"风花雪月一古城"，概括了下关的风、上关的花、苍山的雪、洱海的月和大理古城几处著名的美景，除此之外崇圣寺三塔、蝴蝶泉也非常美，苍山十九峰十八溪，洱海湖内有"三岛""四洲""五湖""九曲"之胜，处处都是美景。所以到了大理应该慢旅行，徒步或者骑行，才能领略到不一样的风景。

交通： 大理市内目前有10多条公交线路，价格从1.5~3元不等。大理市内的普通出租车起步价为5元/3公里，之后每公里1.4元，乘坐出租车从下关到大理机场、大理古城等地经常不打表，需要讨价还价，比如大理火车站到大理古城打车费用大概为40元左右。要想对大理进行深度游，租一辆自行车很有必要。

洱海的风景，就是我和米兜在骑行中领略的。

住宿： 在大理，最热门的住宿地点是大理古城和双廊，古城中客栈居多，大都是白族民居式建筑，很有民族特色；双廊靠近洱海，环境非常好，视野开阔，在房间就能观海，价格也稍微高一些。下关区各个档次的酒店、宾馆非常齐全，对住宿条件要求高的可以在这里居住。

我们毫不犹豫地选择了双廊，就是为了让米兜与洱海进行亲密接触。

美食： 大理三道茶、乳扇、饵块、大理砂锅鱼等，都是当地的特色美食。大理最好的餐厅大部分都集中在古城中，要品尝大理美食可到洋人街逛逛，到白族、藏族等少数民族特色的西餐咖啡厅里坐坐也很有情调。

米兜非常喜欢大理砂锅鱼，吃得都停不下来。

购物： 在大理，天然大理石制作的文房四宝、花盆、花瓶、灯具等工艺品、富有民族特色的白族蜡染、扎染，邓川乳扇，下关沱茶，都非常有名，可以带一些馈赠亲朋好友。洋人街是游客购物首选地，集中了各种少数民族工艺品、特产，但是一定要货比三家，大胆还价。

注意事项： 大理有句谚语"遇雨变多天"，特别是夏天，天晴的时候太阳很晒，一下雨温度下降得很快，所以要多给孩子带一些衣服，出去散步骑行要带上雨具。大理是个多民族大杂居小聚居的民族自治地区，每个民族都有自己的禁忌和宗教信仰，到了大理要教育孩子入乡随俗，尊重当地人。

日光就是全部的意义（拉萨）

　　对拉萨的向往，在看了朋友的旅行日志后便产生了。湛蓝的天空、纯净的纳木错、炫目的阳光、威严的布达拉宫、虔诚的朝圣者……这一片蓝天似乎有净化心灵的作用。

　　但要是带着米兜去拉萨，我有很多担忧——高原反应，旅途遥远，体力有限，水土不服……据说随便一个小感冒就会导致肺气肿。这些米兜能受得了吗？

　　米兜爸爸说乘坐火车去拉萨，可以逐渐适应高原反应；再者衣食住行加倍小心，也能克服水土不服；加上米兜保证一切行动听指挥，这些担忧都没有必要。

　　在米兜爸爸的鼓励和支持下，我和米兜踏上了去拉萨的火车。

　　晚上8时许，我们到达拉萨。这时的拉萨还是黄昏，天边连绵的火烧云在迎接我们，也在用另一种方式告诉我们，拉萨的日光肯定具有不一般的热情。

　　第一夜成功战胜高原反应，第二天精神百倍地出来逛了。

　　先去排队领了布达拉宫的两张换票证，然后就去参观大昭寺。大昭寺里虔诚的朝拜者、神秘的氛围让我感到很震撼，只是米兜年龄还小，对这些不是太懂，只是懵懵懂懂地跟着我。到了大昭寺广场，她才活跃起来。

正好到了中午，阳光灿烂，天那么蓝，蓝得有些不真实。

米兜高呼："妈妈，天离我们好近呀！"

一句话提醒了我，我赶紧拉她到阴凉的地方，给她涂儿童防晒霜，"拉萨的太阳不是盖的，必须涂防晒霜，不然会晒伤。"

涂了防晒霜，米兜赶紧让我为她拍照，"妈妈，一定要拍下蓝天。"

"放心吧，蓝天就是你的背景。"

拍着拍着，我就感觉到脸和脖子有灼烧的感觉，就问米兜："你感觉脸晒得痛不痛？"

米兜说："没感觉呀。"

我这时观察周围的人，发现走在广场上的人们，都全副武装，穿着长袖，包着头巾，戴着墨镜。我们两个穿得都是短袖，还没包头巾，看来我们准备得还是不够，真怕晒伤了。

我赶紧拉着米兜躲到背阴的地方，拿出镜子一照，脸红红的，胳膊也有种被灼伤的感觉。米兜起初没什么感觉，过了一会儿喊道："妈妈，我的胳膊疼疼的。"我过去仔细一看，发现米兜的胳膊也晒伤了。

拉萨不愧有"日光城"的称号，阳光确实太强烈了，防晒霜根本起不到太大的作用。

米兜拿出小镜子照照，用带着哭腔的声音对我说："妈妈，我的脸也晒伤了。"

我安慰她说："没关系，回到酒店我们做个面膜，就没事了。"

话虽这么说，但是我也有点惴惴不安，我真是低估了阳光的强烈程度，没有做好充分的准备。

回到酒店，我赶紧用纯净水泡了一个纸膜，在冰箱里冰镇了一会儿给米兜敷上，自己也敷上一张。

冰敷了一会儿，米兜脸部皮肤的灼烧感缓解了一些，但是胳膊出现了退皮的迹象，对我说感到烫烫的。

这让米兜很沮丧，嘟囔着说："妈妈，好丑呀，我开学了怎么见我同学呀？为什么拉萨的太阳这么毒呀？"

我提议下午去八廓街逛逛，她用强硬地语气拒绝了。

我知道她的大小姐毛病又犯了，我问她："那明天布达拉宫还去不去？"

"不去！"

"那纳木错湖你也不去了？"

"不去！"

我坐下来，很认真地问她："我们来拉萨不就是来看风景的嘛，躲进房间里不见太阳怎么能看风景？"

米兜气鼓鼓地说："这里的太阳太毒，都把我晒伤了。"

"旅行并不是一帆风顺的，总会遇到一些事情，难道因为太阳太毒就放弃了？还有，这里的人世世代代都生活在这种环境下，都躲进屋里不见太阳还怎么生活！"

米兜不说话，好像是在想我说的道理。

这时，我向米兜道歉："对不起，其实妈妈做得不够好，低估了这里的紫外线，没有做充分的准备。"

米兜说："也不是妈妈的错，妈妈也是第一次来。"

看来她还是挺善解人意的。

最后米兜在内心挣扎中战胜了对太阳的恐惧，终于下定决心和我一起去逛八廓街。

八廓街是拉萨最能代表西藏民风民俗的千年古街，围绕大昭寺而建，集西藏土特产销售、西藏特色古建筑等为一体，是了解藏族风俗民情的最佳地点。虽然到了下午，这里的阳光依然没有减弱的迹象，光辉灿烂，但游人的热情丝毫不减，八廓街上非常热闹。

我们全副武装，把自己捂得严严实实，一边走一边看那些具有民族特色的饰品、高原特产。

这时米兜小声对我说："妈妈，你看，这里的人都是红脸蛋。"

哦，原来米兜也发现了这里淳朴的藏族同胞脸上都挂着一抹可爱的"高原红"。我解释说："因为这里海拔高，离太阳更近，空气杂质少，紫外线十分强烈，把脸晒红了——但是脸红红的也不难看呀。"

米兜端详了一下，说："嗯，挺可爱的。"

我笑着说："你看见了吧，太阳特别厚爱这里的人们，给了他们光辉灿烂的日光。其实，世界上有很多地方一年中很少见到太阳，到了那里你就知道，能看到太阳是多么幸福的一件事。"

222

　　米兜点点头，心里已经接受了拉萨的太阳。

　　在接下来几天的旅程中，我们也发现，西藏的风景都是在日光的映衬下才最美。

　　在太阳底下，湛蓝的天、纯净的湖、质朴的人们，都成为震撼人心的风景，米兜也渐渐明白日光对于拉萨的意义，战胜了"温室花朵"的心理。

　　到离开拉萨时，米兜的脸蛋也黑红黑红的，但是她照镜子时不慨叹自己变黑变丑了，而是说："开学后，我要给同学们讲述在拉萨看到的美景，展示我们拍的照片，同学们肯定会非常羡慕我。"

　　去条件艰苦的地方旅行，对于孩子来说，也是有意义的一课。

自助旅行家手册

最佳旅行时间：每年的 6—9 月是拉萨气候最好的时候，这时氧气浓度较高，自然风景也十分美丽，非常适合到拉萨旅游，是拉萨的旅游旺季。过了 10 月拉萨温度越来越低，游客也越来越少，但是可以避开旺季，到高原上享受阳光。

推荐景点：拉萨市区和周边必去的有布达拉宫、大昭寺、哲蚌寺、色拉寺和罗布林卡，富有浓厚的民族宗教色彩；而八廓街也是购物采风的最佳去处。以拉萨为中心，周围有很多恍若仙境的风景游览区，如林芝、拉萨河、天湖纳木错、德仲温泉，一定会让你流连忘返。孩子一般对宗教没有那么深的理解，如果父母提前没有做好功课，到布达拉宫和大昭寺参观往往看不出门道，最好请一个导游，让孩子了解一些历史和宗教知识。

交通：拉萨的出租车实行打表计费，起步价10元/5公里，但是拉萨市区范围较小，一般在起步价内都能到达。另外，三轮车也是拉萨的特色交通工具，每车可坐2人，只行走市内布达拉宫广场以东及以北的地区，上车前一定要先议价。到拉萨周边旅游，一般要包车，包车费用越野每公里4元左右，可供20人乘坐的汽车稍贵。我和米兜前往纳木错，是和酒店的其他旅客一起拼车去的，自己比较省心，也没有花多少钱。

住宿：拉萨各个档次的酒店、宾馆应有尽有，价格也是从几十元到几千元不等，可以根据自身需要选择合适的住宿点。每年的七、八月是藏族的雪顿节，来拉萨的人非常多，如果这个时间段来拉萨旅行，最好提前预订好酒店。这次来拉萨，为了让米兜了解藏族文化，我们专门预订了一家民族风情浓厚的酒店，彩绘的廊柱、美丽的地毯，都让我们感到很惊喜。

美食：拉萨的饮食主要以藏餐为主，藏餐中具有代表性的美食有糌粑、酥油茶、青稞酒、酸奶和藏式包子等，但是不一定适合内地游客的口味。如果品尝后不习惯，还可以选择其他菜系，比如川菜和西餐，在拉萨都非常普遍。如果有兴趣，还可以品尝尼泊尔菜和印度菜等舶来品。美食首选地是德吉路和北京路，在那里，你总能找到适合自己的美食。米兜并不是太习惯藏餐，我们大多选择川菜馆吃简餐。

购物：西藏的工艺品及特产在八廓街非常齐全，有各类藏饰、尼泊尔式的首饰、挂件、小工艺品、法器、地毯、挂毯、唐卡等，但是要用心去淘，而且记得杀价。在八廓街购买藏药、虫草、藏红花，最好要谨慎，假货很多，可以到大昭寺广场旁的民族旅游商城、西藏藏药厂、拉萨藏药厂购买。米兜喜欢花花绿绿的小饰品，购买了一件仿绿松石的小挂件，大概是以要价的三分之一的价格成交的。

注意事项：带着孩子去拉萨，注意事项很多。首先，如果出现高原反应，要充分休息，走路说话不要着急；其次，做好防寒保暖工作，及时增添衣物，不轻易洗澡，防止感冒，如出现感冒症状应尽快去医院输液或吸氧，以免引起其他严重疾病；最后，不论是哪个季节去拉萨，都要带上防晒装备，包括遮阳帽、长袖衫、太阳镜、防晒霜，尽量不要把皮肤暴露在太阳下，以免晒伤。

照顾生病的妈妈（大连）

ZHAOGUSHENGBINGDEMAMA（DALIAN）

  单位曾经组织去大连旅游，因为那次是跟团，行程安排不尽如人意，时间很紧张，没有给我留下美好的印象。后来看到各种大连自由行攻略，我萌生了重游大连的想法。

  这次大连游选择在儿童节，我特地用了积攒下来的年假，想让米兜在大连过一个快乐美好的儿童节。

  我们乘坐从北京到大连的火车，卧铺睡一宿，早晨到达。大连正细雨纷纷，城市上空烟雨蒙蒙，看不到传说中的蓝天白云。但是这完全没有影

响我们的心情，我们从火车站直接坐轻轨3号线前往金石滩。这可是我上次来大连错过的地方。

我们首先参观了国家地质公园，这里的礁石被大自然雕琢成千姿百态的天然艺术品，巨石有的形似石猴观海、有的像大鹏展翅、有的像刺猬觅食……米兜看到以后非常兴奋，要和各种石头合影，我也不断地摁下快门。除了这些，海岸边还有大量古生物化石，具有重要的科研价值，也激发了米兜探索自然的兴趣。

从金石滩回来我们就入住了火车站附近的快捷酒店，晚上找饭店吃海鲜。因为到了7月开始禁海，此时是品尝海鲜的最佳时节，我们点了扇贝、蛏子、鲅鱼水饺，大快朵颐。米兜有过旅行途中闹肠胃炎的经历，所以吃得不是太多，反而是我没有顾忌，吃了不少。

吃完饭回去，因为上午下雨，风还是有些凉，我连打了几个喷嚏，回到酒店赶紧喝热水。

　　第二天就是儿童节，想带米兜去圣亚海洋世界看北极熊——这是米兜的生日愿望，但是一起床我就觉得头晕鼻塞，胃还隐隐作痛。我心想，坏了，昨天贪吃海鲜，又有点着凉，怕是感冒了。

　　米兜本来早早就梳洗打扮好，满怀期待地等着我带她去圣亚海洋世界。

我对米兜说："妈妈有点难受，我们稍微休息一下再出发。"

米兜先是露出失望的表情，随即又面带忧虑："妈妈，你哪里不舒服？需要吃药吗？"

我安慰她说："没关系，有一点胃疼，喝点热水就好了。"

米兜赶紧给我烧热水，并找到胃药，让我吃下。

过了一会儿，米兜问："妈妈，是不是用热水袋暖一下胃会好一些？"

胃痛还没有消失，我皱着眉说："去哪里找热水袋呀？"

米兜像个小大人似的，说："没关系，我想办法找个热水袋。"

米兜先给前台打电话，问有没有热水袋，前台告诉她酒店没有准备热水袋。然后她就在房间转悠找可以当热水袋的东西。

"妈妈，你先用杯子暖一暖，热水袋马上就有了。"

我一看，她手里拿着一个空饮料瓶，说："这个密封很好，当热水袋没问题。"

我怕她烫着，赶紧制止："不能用那个，那个灌热水就变形了，会烫到你。"

米兜胸有成竹地说："没关系，你放心吧，妈妈。"

她先在里面灌了一些凉水，然后用毛巾包住手，扶着瓶子，慢慢地往里面倒热水。

饮料瓶有轻微变形，但是并不严重。灌好水后，米兜拧紧盖子，用毛巾把瓶子裹得严严实实，然后塞进被子里。

胃部一感到温暖，疼痛一下子减轻了很多。我安心地闭上眼睛，对米兜："谢谢你，宝贝。"

然后我交代米兜在酒店乖乖看电视，不要出去乱跑，便迷迷糊糊地睡着了。

等我睡醒，都已经1点多了，感觉胃也不痛了，头也舒服很多。一看米兜正认认真真看电视呢。

"米兜，你是不是还没吃东西，我马上带你去吃饭。"

米兜说："我吃了面包和火腿，已经不饿了，妈妈再休息一会儿吧！"

我感动地说："妈妈已经没关系了，走吧，我们去吃饭，然后就去圣亚海洋世界。"

再也不敢吃海鲜了，在最近的一家永和豆浆，吃了点包子喝了点粥，我们就坐公交前往圣亚海洋世界。

圣亚海洋世界共有五个场馆，分别是海洋世界、极地世界、珊瑚世界、深海传奇和恐龙传奇，每个场馆都有一个独特的主题，进入每个场馆后我们按照指示方向步行游览一圈。

因为今天是儿童节，孩子非常多，去看各种表演都需要排队。

海豚表演剩下最后一场了，排队的人非常多，我们排在最后面，又热又挤，苦苦站了将近一个小时才进去。而进去后也只能坐在最后的位置了，离表演的水池非常远，看得不是太清楚。

尽管这样，米兜看到海豚随着音乐跳跃、与驯兽师互动的场面仍然非常高兴，热烈鼓掌。

我们本来还打算看海象、海豹的表演，但是在极地馆观察了企鹅、北极熊后，好多表演的最后一场都结束了，让米兜感到很失望。

我遗憾地说："米兜，对不起，因为妈妈生病，没有好好陪你过个儿童节。"

米兜认真地回答："儿童节照顾生病的妈妈，过得也非常有意义呀。"

这是第一次享受女儿的关心和照顾，让我很感动。

接下来的行程安排得非常丰富，去滨海路步行，到星海广场看英姿飒爽的女骑警，坐一坐有轨电车，到俄罗斯风情街转一转，去参观旅顺军港……

因为我身体还不是太舒服，米兜抢着背包，提醒我喝水休息，就像一个小大人一样处处照顾我。

这几天的天气非常好，蓝天白云，清风徐来，加上"贴心小棉袄"的照顾，我心情好极了。

最后一天要赶晚上的火车，下午吃完饭在宾馆休息，米兜还认真地说："妈妈，你睡一会儿吧，到点了我就叫你。"

我摸摸她的头说："妈妈早就好了，你不用这么费心了。"接着我又说："这次生病，发现你一下子长大了不少。"

米兜先是不好意思，然后认真地说："妈妈，你以后吃东西也要注意。你原来总是提醒我，这次自己却犯了同样的错误。"

"鬼丫头，竟然开始教育妈妈了！"

嘴上虽然这样说，但是我心里美滋滋的……

百助旅行家手册

最佳旅行时间： 5—9月是大连气候与景色最佳的时节。大连三面临海，气候湿润，是东北地区的避暑胜地。过了9月，气温慢慢下降，旅游旺季过去，但是禁渔期结束，此时来大连可以品尝到最美味的海鲜。

推荐景点： 大连是东北地区的海滨度假胜地，拥有美丽的海岸风光、大气的城市广场、创意十足的主题公园。市内景点有棒棰岛、老虎滩海洋公园、滨海路、星海广场、圣亚海洋世界等，是孩子们的最爱。郊区有著名的金石滩景区，是大连看海的绝佳地点。旅顺口区有白玉山、旅顺军港等景点，可以对孩子进行爱国教育、普及历史知识。

交通： 大连的公交系统比较发达，公交车大多实行无人售票，一般5开头的公交车票价2元，旅游环线大巴票价10元，其他公交车都是1元，需自备零钱。大连目前有4条轻轨线路，其中大连火车站至金石滩线路又称大连快轨3号线，是大连往返新城区与主城区的首选交通工具，终点站为发现王国主题公园和大连滨海国家地质公园。大连的公交有轨电车也很有特色，至今已有100多年历史，目前市内保留的有轨电车为201路和202路，贯穿大连的东西和西南。

有轨电车模样十分可爱，发出叮叮当当的声音，我和米兜还专门坐了一段，美中不足的就是人太多。

住宿： 作为旅游城市，大连的酒店业很发达，各种档次的酒店、宾馆比较齐全，如果行程中要去的景点比较多，可以考虑住火车站周边，这里是火车、轻轨、环城旅游巴士、公交线路的始发区域，也是商业繁华区域，出行、用餐、购物都非常方便。如果经济条件允许，也可以选择在风景区域的度假村住宿，但价格相对比较高。

美食： 大连是国内养殖海鲜的主要产地，各种鱼虾蟹、贝类、藻类应有尽有，是大连菜的主要食材，大连菜中的代表有熘肝尖、糖醋黄花鱼、红烧海参、烤大虾、溜肥肠、老醋蜇头等，小吃铁板烤鱿鱼风靡全国。品尝大连美食的地点，有市中心的俄罗斯风情街、天津街小吃街、黑石礁小吃街、山东路美食街、太原街美食街等。

购物：来大连旅游，带一些土特产回去是必需的。"海八珍"是大连最受欢迎的海产品，包括海参、鲍鱼、扇贝、对虾、蚬子、海红、蚶子、牡蛎，其中尤以北方刺参品质最佳。另外，以马面鱼、鱿鱼、鳗鱼等做成的鱼干也是美味的零食，适合买一些与亲朋好友一起品尝。大连的贝雕非常有名，既有大型贝雕，也有精巧小饰物，买一些摆放在家中，会给家里带来一些海洋气息。如果9月来大连，可以购买在国际服装节上展示的流行服饰。大连火车站前的天津街步行街、青泥洼桥两大商圈组成了大连的中心购物区域，两者通过胜利广场综合百货连成一片，购物十分方便。

离开大连前，我为米兜购买了很多鱼干、鱼丝制品作为火车上的零食，米兜非常喜欢。

注意事项：来大连，品尝海鲜也是旅行项目之一，但是要知道大连的7—8月封海，所以这个时节没有新鲜的海鲜，价格也会较高，要谨慎选择，以防吃坏肚子。9月是吃海鲜的好时节，但是海鲜属于大寒，吃的时候还要蘸姜末和蒜末，不然会造成肠胃不适。

滑雪练胆量（长春）

HUAXUELIANDANLIANG（CHANGCHUN）

春节假期较长，我们全家"蠢蠢欲动"，想找个地方旅行。海南的热带风情已经体验过了，想去体验体验北国风情。

经过简单的讨论，我们确定了长春、哈尔滨的新春行程。

一听说要去滑雪、看冰雕，米兜非常兴奋，因为这对于米兜来说还是第一次。米兜爸爸及时提醒她："滑雪可是要看胆量的，你行不行？"

米兜自信地说："没问题，在我们班上我可是最勇敢的。"

我刮了一下她的鼻子，笑着说："可不要和你爸爸说大话哟，到了以后才知道。"

飞机飞抵长春，我们先去逛了伪满皇宫博物院和长影世界城，然后赶往净月潭景区，准备开始长春的重点旅游项目——滑雪。

净月潭是以山、林、水为主体的生态旅游景区，以森林景观和冰雪旅游为特色，伴以潭水群山自然风光，每年都举办"长春冰雪旅游节暨净月潭瓦萨国际滑雪节"，吸引了来自世界各地的滑雪爱好者。

一到净月潭滑雪场，美丽的林海雪原景象就震撼了我们。滑雪场三面环林，一面临水，拥有号称世界上最长的一条管轨式滑道，一排排游客站在输送带上，被缓缓地送上山顶的滑道顶部，再从上而下滑下来，在莽莽林海之中穿梭。

米兜拍手大喊："好刺激呀！我也要滑！"

米兜爸爸和我之前都滑过雪，爸爸技术好一些。于是，米兜的滑雪课程全权交给了爸爸。经过米兜爸爸的教学后，我们一家被输送到了山顶。

但是当米兜看到滑雪板上的人们风驰电掣冲下去，有的歪到在雪地里，有的摔得四脚朝天，脸上露出害怕的表情。

爸爸似乎猜透了米兜的心思，鼓励她说："怎么样？米兜，见证你勇敢的时刻到了，我们一起滑下去吧！"

米兜没说话，犹豫了一下，往后退了一步，怯生生地说："还是不要了吧，我怕摔！"

我早就料到她没有这么大的胆量，学滑冰怕摔，学骑自行车也怕摔，学滑雪肯定也怕摔了。不过我还是要激一激她，让她鼓起勇气。于是我故意说："我早就知道你不敢了，你还说自己在班上是最勇敢的，我才不信呢！"

米兜本来想反驳我，但还是忍住了，没说话。

米兜爸爸还是不断地鼓励她："没关系的，雪很软，摔不伤的，而且，学滑雪怎么能不摔呢？"

米兜抓住爸爸的胳膊，摇摇头，表示还是不敢出发。

我不耐烦地说："米兜，我不管你了，我要下去了哈。"

话音刚落，我就一阵风一样地向下滑去。耳边响起飕飕的风声，两旁的树木迅速往后移，我体验到飙车的激情，不由兴奋地尖叫起来。

但是我技术不行，眼看就要撞在一个游客身上了，慌忙来个急转弯，一下子撞在旁边的护墙上，摔了个四脚朝天。

但是护墙很柔软，雪也很松软，摔了也没关系。我爬起来，朝着站在山顶上的米兜挥手。

输送带第二次把我送到山顶，米兜赶紧跑过来，问："妈妈，摔得疼不疼？"

"这里的雪可松软了，一点都不疼，你可以先尝试着慢慢往下滑。"

米兜用眼神询问爸爸，爸爸给她做了一个加油的手势。

于是米兜一咬牙，紧紧抓着两根撑杆，小心翼翼地在松软的雪地上滑行，摇摇晃晃没几步，就摔了一个四脚朝天。米兜爸爸滑到她身边，拉着她一起往下滑。

米兜第二次被送到山顶，沮丧地说："我不滑了，摔得丑死了。"

我问："摔得疼不疼？"

"不疼，雪很松软。"

我知道米兜爱面子，觉得摔了很不雅观，于是我说："你看看，一开始滑雪的人都会摔很多跟头，慢慢就好了。这叫不经历风雨就不能见彩虹。"

米兜仔细一看，确实没有几个不摔跤的。

爸爸趁机说："你看这么多人，即使摔倒了，大家也不会注意你的。"

这时我们发现身边多了一家人，一个比米兜大不了多少的女孩正在准备出发。只见她半猫着腰，腋下夹着撑杆，潇洒自如、风驰电掣地冲下去。

米兜看着她那矫健的身姿、潇洒的动作、自信的表情，脸上露出羡慕的表情。我们不由地拍手叫好，那个女孩的父母也一脸骄傲地看着自己的女儿。

　　我上前搭讪说："你们家孩子滑得真棒！练了很久了吧？"

　　那个女孩的妈妈说："小孩子学东西很快，没有怎么练，她就是胆子大，摔了几次就会滑了。"

　　"米兜，听到阿姨说了吧，只要勇敢，用不了多久就会和那个姐姐滑得一样好了。"

　　米兜想了想，对爸爸说："爸爸，我们出发吧！"

　　米兜为了像小姐姐那样滑得那么好，鼓足勇气，开始了一次又一次的尝试。我们一家三口，一会儿并驾齐驱，一会儿滚成一团，弄得脸上身上都是雪，体会到前所未有的快乐。

　　过了一会儿，那个滑雪技术很棒的小姐姐还主动邀请米兜一起滑，米兜起初不好意思，觉得自己技术不行，但是在小姐姐的鼓励和指导下，还是勇敢地拉起小姐姐的手。在这个过程中，米兜的胆子也越来越大了，自己也能平平稳稳滑出去好长一段，我赶紧摁下快门，记录两个孩子滑雪的瞬间。

休息时，米兜自信地对我说："妈妈，滑雪没有想得那么难，回去滑旱冰我也不怕了，我要报学校的旱冰班！"

"很多事情，只要你肯尝试去做，就不会太难。你现在知道了吧，胆量都是锻炼出来的，偶尔一次小挫折没有什么，只要勇敢面对，就一定能成功！以后报了旱冰班也要这样想，不要一遇到挫折就放弃。"

米兜点点头："嗯！"

接下来我们又到净月潭湖面上玩。这里已经变成天然的运动场，人们开心地玩着雪地摩托、打冰壶、雪地自行车、马爬雪橇、狗雪橇、冰陀螺等项目。我们全家人还体验了狗拉雪橇的项目，体会了一下做因纽特人的滋味。

领略了北国风光，尝试了冰雪运动，还锻炼了胆量，在长春的旅行经历给米兜留下了美好的回忆。

最佳旅行时间：春夏之交和夏秋之交是长春最好的时节，气候宜人，风和日丽，最适合户外活动。对于想滑雪的游客来说，12月至次年2月是长春最寒冷、最美的时节，此时的长春银装素裹，净月潭风景区展现出一片林海雪原的景象，是欣赏冰雪艺术以及滑雪的好时节。

推荐景点：长春的标志性景点有伪满皇宫、净月潭和长影世纪城，如果时间充裕，还可以去南湖公园、般若寺。如果冬天来长春，最少应该拿出一天时间去净月潭滑雪。对于孩子来说，伪满洲皇宫似乎吸引力不大，净月潭滑雪场和长影世纪城才是最好玩的，我们在滑雪场待了一整天，米兜离开的时候还有点依依不舍。

交通：长春轻轨有3号线和4号线两条线路运营，实行等级票价，去净月潭、长影世纪城、伪满洲皇宫都可以乘坐轻轨。长春的公共汽车、专线巴士很多，出行非常方便，大部分为无人售票车，车票1～3.5元不等，需要提前准备好零钱。长春的有轨电车是由日本新京交通株式会社于1941年建造的，现在只剩下54路在运营，成为旅游观光车。

住宿：长春的酒店住宿业很发达，酒店、旅馆档次齐全，你可以根据行程选择居住地点。金融中心区域交通便捷、商业街道集中，临近般若寺、南湖公园、文化广场等景点；长春火车站附近的酒店比较集中，不愁找不到住的地方；净月潭滑雪场和莲花山滑雪场内也有宾馆，如果想去滑雪，这里是住宿首选。

我们除了有一夜住在净月潭滑雪场以外，其他时间住在火车站附近。

美食：长春美食以吉林菜系为主，带有本地山野风味，其中长白山珍宴、雪衣豆沙、梅花鹿宴、翡翠人参茅台鸡、红花熊掌等最负盛名。有代表性的特色菜及小吃还有白肉血肠、白扒松茸蘑、长春蹄花丝、渍菜白肉火锅、东北家

常熬鱼、满族八大碗、人参汽锅鸡、烧鹿尾、羊肉烧芸豆等。长春市内没有专门的小吃一条街，想品尝美食可以去桂林路、重庆路食间隧道美食城附近、红旗街附近。

购物：长春除了有"关东三宝"——人参、鹿茸、紫貂皮外，还出产黑木耳、榛蘑等山货，记得带回一些。另外，长春老茂生糖果、鼎丰真糕点等老字号食品也是当地的著名特产，是馈赠亲朋好友的佳品。购买各种土特产，可以去重庆路商业街、桂林路商业街、红旗街、黄河路步行街、黑水路市场等，货物比较齐全，价格相对比较公道。

我们带的行李较多，还要去长白山和哈尔滨，只购买了一些鼎丰真的糕点做路上的干粮。米兜对甜食自然喜爱，一直夸好吃。

注意事项：冬季到长春滑雪，应备齐羽绒服、毛衣、棉裤和雪地棉鞋，而且积雪容易导致路面硬滑，要为孩子购买防滑效果较好的雪地靴。另外，一到冬季，长春干燥寒冷，应让孩子多喝开水，并准备润唇膏，预防感冒。去滑雪的话，不要忘记戴太阳镜，以保护眼睛。

穿得厚就没错（哈尔滨）

CHUANDEHOUJIUMEICUO (HAERBIN)

离开了长春，我们前往向往已久的"东方莫斯科"——哈尔滨。

松花江蜿蜒而过，雪花悠然飘落，俄式建筑高大神秘，这颗北国冰雪中的璀璨明珠曾引起我无限的遐想，但是一到哈尔滨，最真切的感受就是室内室外巨大的温度反差。

室外以雪为被，以冰为床，气温为-30℃；但是到了室内，要快速脱掉羽绒服、冲锋衣、厚毛衣，因为哈尔滨的暖气太给力了，简直可以称得上燥热，还要不断地喝水。

住的第一晚，米兜就一直嚷热，晚上还不停地蹬被子。

第二天上午我们到中央大街逛了逛，欣赏了俄罗斯风情的街景，还吃了一顿热气腾腾的俄餐。因为主要是室内活动，又一直在走路，所以没有感觉到哈尔滨有多冷。

中午在酒店休息后，我们准备出发去冰雪大世界。

因为提前看过攻略，知道冰雪大世界非常冷，要玩一下午，就把能穿的全部穿上。所以我特意要求米兜在羽绒服里面再加一件冲锋衣，脚上多穿一层袜子。

没想到米兜立即表示反对："我不穿，太热了！而且穿上那么臃肿，照相都不好看了。"

我说："室外非常冷，现在室内的温度给你的都是错觉。"

米兜辩解说："今天上午出去也没有太冷呀，吃饭的时候穿那么厚都热死我了。何况羽绒服里面加一层，太难受了。"

"是难受，还是嫌难看呀？爱美爱得冻感冒了，就没办法出去玩了。"

米兜赶紧说："谁嫌难看，就是穿着不舒服。"说完扭头不理我了。

米兜爸爸说："我们可都穿得很厚，到时你冷了可别说冷。"

米兜大声说："我就不怕冷！"

我和米兜爸爸不理她，全副武装，把能穿的全都穿上了，袜子、手套都是双层的，米兜还用嘲笑的眼神看着我们。我不管她，悄悄地把她的冲锋衣和厚袜子装进包里，还用保温水瓶装满了热水。

因为要在冰雪大世界待到晚上，又一直在户外，肯定温度越来越低，穿得厚绝对不会错。

冰雪大世界是哈尔滨一年一度的冰雪主题嘉年华，从每年的圣诞节持续开放至次年3月初，是哈尔滨最热闹的旅游景区，吸引了大批游客。

这里是孩子们的乐园，我们一来到这里就看到许许多多欢天喜地的孩子，米兜看到同龄人，非常兴奋，赶紧拉着我们玩各种娱乐项目。

我们登上冰雪城堡，从国内最长的冰滑梯一溜到底，凉风刮过脸颊，觉得无比刺激，连我也觉得自己年轻了很多。后来我们还尝试冰上自行车、雪地卡丁车、雪地摩托车，每项活动都非常新鲜。

尤其是滑雪滑冰项目，因为米兜有了滑雪的基础，比别的小朋友熟练很多，让我们感到很自豪。

时间过得真快，3个小时很快过去了，我仔细看米兜觉得她哆哆嗦嗦的，嘴唇也有点发紫。

"米兜，是不是很冷？"

米兜嘴硬地说："不是太冷，再运动一会儿就好了。"

我拉过她的手一摸，冰凉冰凉的，"这还不冷？冷还不肯承认！"

米兜不说话，一直跺脚。

米兜爸爸知道我带了衣服，还故意说："这样下去不行，再不加件衣服估计要感冒了，我们赶紧回去吧！"

米兜当然不乐意回去，于是问道："那我们明天还来吗？"

我说："明天有别的安排，就不来这里了。哪能连续两天来同一个地方呀！"

米兜不情愿地说："晚上还要在这里看冰灯呢，来到哈尔滨不看冰灯多可惜呀！"

米兜爸爸趁机说："谁让你不听妈妈的话，穿这么薄呢。"

米兜赌气不说话，大概也是在生自己的气，扭过头去说："人家怎么知道天会这么冷！"

我看得出来，米兜已经知道错了，不能再让孩子冻着了。于是我像变魔术一样，从包里拿出她的冲锋衣，在她面前抖开，"米兜，你看！这是什么？"

"哦……"米兜拽着我的胳膊欢呼起来，"妈妈真棒，妈妈还留了一手！"

"不留一手的话，你今天晚上就看不了冰灯了。不听老人言，吃亏在眼前！"

米兜不好意思地说："妈妈，我错了，你别再说我了。"

我们找到休息区，给米兜套上冲锋衣，又给她加了一双棉袜。

天天渐渐暗了，温度越来越低了，我们找了个地方喝热饮，暖和手脚。米兜穿得厚了，脸也变得红扑扑的。

一会儿夜幕降临了，冰雪大世界的灯全部亮了，冰雕在灯光的映衬下发出璀璨的光芒，仿佛童话世界，十分漂亮。米兜爸爸担任专业摄影师，我和米兜开心地在各种造型的冰雕前拍照留念，玩得十分尽兴。

我们即使已经穿得很厚了，米兜又加了衣服，但还是觉得冻得厉害，玩一会就要在休息区待一会，还要不断地喝热水，一大瓶热水很快就被我们喝完了。

米兜爸爸说："来冰雪大世界玩真考验毅力，不过我们还是穿得有些少了，应该有多少穿多少。"

我看看米兜说："但是有位大小姐怕臃肿，不肯穿这么多呢！"

米兜辩解道："妈妈，我不是怕臃肿，我是觉得没有那么冷嘛，谁知道那么冷！"

"想想就知道了，这里不是冰就是雪，怎么能跟市区比，而且室内暖气太热，你会失去对温度的判断力。"

米兜爸爸也语重心长地说："有时别人的建议要仔细思考一下，不要随意拒绝，今天要不是你妈妈给你事先准备了冲锋衣，你都没办法看夜晚的冰灯了。"

米兜搂住我的脖子，亲昵地说："谢谢妈妈，以后我知道了，要虚心接受别人好的建议！"

"这才是好孩子。"我搂住米兜，米兜爸爸随手摁下快门，把我们母女俩亲昵的时刻定格在镜头里。

自助旅行家手册

最佳旅行时间：夏季的哈尔滨非常适合避暑，但是哈尔滨到了冬季才是最美的，到了冬季，整个城市银装素裹，还有哈尔滨国际冰雪节，游客可欣赏到漂亮的冰灯雪雕、当地特色的雾凇，参加各项冰雪娱乐活动，充分体验北方雪国风情。

推荐景点：冬季来到哈尔滨，首先要去的地方就是冰雪大世界，让你真正体验水晶般的童话世界，每个孩子都能在这里找到自己的兴奋点，留下美好的回忆。剩下的时间可以到松花江边上散散步，去拥有异国风情的中央大街采风，到圣索菲亚大教堂前拍照，如果时间充足还可以去附近的雪乡欣赏真正的北国雪景。

交通：哈尔滨城区的公共交通十分发达，重要的购物地点、景点都可以乘坐公交车，但是哈尔滨天黑较早，公交线路也停运较早，乘坐前要关注各线路的运行时间。哈尔滨的出租车起步价为8元/3公里，超出以后每公里白天1.9元，夜晚2.5元，出火车站打车，一定要在排队区等候，外面的出租车不正规，基本上都不打表。

住宿：哈尔滨的酒店旅馆业很发达，住宿价位适中，选择在市中心的火车站、中央大街一带住宿，出行、就餐都比较方便。但需要注意的是，一到冬季，来哈尔滨的游客非常多，很多酒店都没有空房间，一定提前预订房间。我们就选择住在中央大街一带，这里知名餐厅很多，也很有特色。

美食：哈尔滨美食主要由俄罗斯大餐和地道东北菜组成，到了哈尔滨要品尝一下得莫利炖鱼、锅包肉、酱骨头、杀猪菜等地道东北菜，也不能错过品尝俄罗斯大餐的机会。哈尔滨的中央大街以及红博商圈是特色美食集散地，吃西餐可到中央大街，吃本地小吃可去老道。一般小朋友并不太习惯西餐，但是提拉米苏、土豆泥什么的倒是很合小朋友胃口。米兜对提拉米苏念念不忘。

购物：到哈尔滨可以买一些俄罗斯特产，比如"大列巴"面包、巧克力、糖果、紫金项链等，工艺品套娃也挺讨孩子喜欢，价格不是太贵。哈尔滨靠近大兴安岭，距离长白山也比较近，超市里有人参和鹿茸卖，质量比较有保证，可以去选购一些。哈尔滨购物首选中央大街商圈和红博商圈这两个超大规模的商业区域，另外还有会展中心商圈、南岗开发区万达广场等重要商圈，到这些地方逛逛，你肯定不会失望。

注意事项：哈尔滨冬天的白天很短，天很早就黑了，商场晚上8点多都全部关门了，很多公交车晚上7点左右就会停运，所以一定要提前计划好出行、购物、就餐时间。另外，哈尔滨室内外温差很大，一般室内暖气很热，室外却非常冷，冷热交替，孩子很容易感冒，所以要提醒孩子增减衣物，最好带上感冒药。

自己动手拍美景（长白山）

　　暑假到来，米兜爸爸几个在长春的朋友邀请我们一家去东北避暑。我早就听说夏季的长白山是最美丽的，气候凉爽宜人，风景十分秀丽，也非常适宜观赏天池美景，到了长春可以和米兜爸爸的朋友一起去长白山……米兜爸爸听了我的想法，赶紧给朋友打电话商量妥当，接着我们一家三口就订了飞往长春的机票。

　　到长春后，米兜爸爸的朋友又集合几家人，找了三辆越野车，自驾前往长白山。我和米兜旅行，大部分时间就我们两个人，这次一下子多出那么多的旅伴，甚至还有米兜的同龄人，把米兜高兴坏了，一路上说说笑笑，还和哥哥姐姐学摆弄相机，时间过得很快。

　　到达我们居住的长白山国际度假区，看到度假区环境优雅、布置别致，米兜突然兴致大发，提议道："我为你们拍一张合影吧？"

　　我和米兜爸爸很少一起旅行，即使一起旅行因为没人拍照也没有几张合影，米兜这么一说，我赶紧说："主意不错哦。"

　　于是米兜爸爸帮米兜调好镜头，教给她摁快门的手法，然后把相机交给她。

　　长镜头的单反相机对于米兜来说有点重，她小心翼翼地举着，我们还没有站好，就摁了好几张。

回到房间，翻看米兜照的几张照片，效果还不错。

米兜看了说："照相真好玩，爸爸教教我吧！"

米兜爸爸说："这可比较难，光圈、焦距、快门、曝光都得根据景色的特点来调整，可不是那么容易就学会的。"

米兜对新技能有学习的欲望，我们应该鼓励，于是我说："不如先让

米兜用自动模式拍照，先让她学学构图。"

米兜爸爸想了想，觉得这个不难，就答应了。

两人开始摆弄相机，米兜学了一些基本的技巧，大声宣告："明天的照片我全包了，你们都不要跟我抢！"

"好，那就看你的了，你到时别打退堂鼓，嫌相机沉。"

米兜一如既往答应得好好的。

第二天一大早，我们就乘坐越野车前往长白山天池。天气特别好，空气新鲜，远方的高山清晰可见，想到马上就要和梦想中的天池亲密接触了，整车的人都兴奋起来。

我小声对米兜说："你真幸运，第一天当摄影师，就能拍到天池。"

米兜也非常兴奋。

我们终于到达了山上，天空蔚蓝如洗，天池终于揭开了面纱，向我们展现她美丽的容颜。巨大的湖面像一面镜子镶嵌在群山之中，阳光恰到好处照在湖面上，湖面反射出耀眼的金色。

米兜兴奋地说："天池真美！"赶紧举起相机拍下眼前的美景。

米兜又为我们拍了合影，煞有介事地东看看西看看，不过一会儿就开始向爸爸求助："爸爸，相机太沉了，你拿一会儿相机吧！"

米兜爸爸接过来，调成手动模式，又拍摄了不少照片。我凑过去查看米兜前面拍的照片，虽然天池景色很美，但是因为是全自动模式，拍出来的效果不是太好，构图也欠火候。

我忍不住说："米兜，这么好的景色，让你拍可惜了，接下来给爸爸吧！"

米兜爸爸赶紧朝我使眼色，让我别说这样的话，但是我的话已经让米兜听到了，她的神情一下子黯淡下来。

我这才意识到自己说错话了，赶紧想办法补救："米兜，你拍的合影很棒，再给我们拍一张吧。"

米兜说："你不是说我拍得不好吗？"

"只是跟爸爸比还差一点，但是你这个年龄已经拍得很好了。"

米兜要过相机，翻看前面的照片，也觉得自己拍得不好，一下子灰心丧气了，说："我不拍了！"然后闷闷不乐地往前走。

孩子的热情被我无意中的一句话浇灭了，我也感到很沮丧，但是又不知道怎么鼓励米兜，也闷闷地不说话。

一会儿，我们到达北坡的另一个景点——长白瀑布。瀑布由于落差大，在两条雪龙似的水柱的猛烈冲击下，溅起浪花无数，飞雪漫天。我们都没有见过这样的情景，感觉十分新奇。

米兜也欢呼地说："像魔术一样，好神奇呀！"

"那你用相机把这美丽的景色拍下来吧！"我鼓励她说。

米兜说："我拍得不好，让爸爸拍。"

"爸爸拍是爸爸的作品，你拍的才是你的作品呀。"爸爸说着就把相机递了过去。

米兜犹豫了一下就接了过来，尝试着拍了几张，递给爸爸看。米兜爸爸认真地看了一遍，说："这张要突出主体部分，这张可以把焦点放在三分之一处，在正中间并不太好……"

米兜认真地听着，还不断地点头。

这时我提议："米兜，你给我们拍张合影吧，把瀑布当背景！"

这次米兜爽快地答应了，但是说："我拍得不好不要说我哈！"

"拍得不好也没关系，反正是练习嘛，肯定越拍越好。"

米兜受到鼓励，大胆地为我们拍了几张。我对她的照片进行了点评，又表扬了她的进步，米兜渐渐树立了信心。

我们离开长白瀑布时，还遇到一批专业的摄影师，他们背着很多镜头和三脚架，每拍一个画面都捣饬半天。米兜爸爸给他们打招呼，才知道对方是《国家地理》杂志的摄影师。

作为摄影爱好者，米兜爸爸当然不会错过这个交流的机会，请教了不少专业问题，最后还请求他们为我们一家三口拍了一张合影。

　　其中一个叔叔对米兜说："一开始就看到你拿着照相机，看来你也是摄影爱好者咯！"

　　米兜不好意思地说："我就瞎拍，拍得不好。"

　　"一开始都拍不好，但是只要付出努力，肯定会有进步的。"

　　看到这些人风尘仆仆的样子，我也看出摄影师这个职业是非常艰辛的，要拍一张完美的照片要付出很多心血。

　　与摄影师告别后，我们来到长白山上唯一的一家温泉煮鸡蛋店，品尝温泉鸡蛋。

　　我边吃边问米兜："怎么样？摄影容易学吗？"

　　米兜回答说："不容易，但是我会努力的，不过你们也要多给我机会。"

　　米兜爸爸意味深长地对我说："你明白女儿的意思了吧？以后你要多鼓励她，多给她机会，别动不动就泼冷水。"

　　我没说话，但是已经知道自己错在哪里了。

　　亲爱的孩子，妈妈以后要多表扬你鼓励你，再也不会对你泼冷水了。

自助旅行家手册

最佳旅行时间： 夏季是长白山最美丽的季节，此时这里气候宜人、风光秀丽，而且有很大的机会看到天池。但是对于想体验北国风光的人来说，冬季是来长白山的最佳季节，此时的景区白雪皑皑，别有一番旖旎风光，不管是滑雪、泡温泉，还是拍摄雪景都非常有趣。

推荐景点： 长白山风景区分为长白山北坡、西坡、南坡三大景区，分开售票。第一次上长白山首选北坡，因为天池、长白瀑布、聚龙泉、小天池、绿渊潭、谷底林海等景观都集中在北坡。西坡的主要景观有锦江大峡谷、鸢尾花园、高山花园、梯子河、王池花园等，是夏季风光最美的地方。西坡山顶看天池视野开阔，但需先爬1 440级台阶上去。南坡景区开发晚、游客少，景观更为原始，但冬季的南坡景区因游客少一般会封山。

交通： 长白山的二道白河镇的主要交通工具是出租车，一律不打表，不出镇6元，至火车站、汽车站10元；至长白山北坡景区拼车每人15元；至长白山西坡景区拼车每人30元。到长白山景区，还可以选择旅游快线，比如1号线至北坡景区，2号线从长白山北坡景区至西坡景区。在景区内可以选择乘坐环保车，可以专门上山顶看天池，也可以在各个景点内换乘，具体情况查看景区内公告。

住宿： 长白山池北的二道白河镇和池西的松江河镇是主要住宿地点，这两地有各类宾馆，餐厅齐全，十分便利，但是条件稍微差一点。如果想泡温泉，北坡景区山门前的温泉度假酒店和二道白河镇上的几家高档温泉酒店也是不错的选择。追求品质享受的游客可以选择松江河镇南郊的长白山国际度假区住宿，这里有很多高档酒店，服务非常贴心。因为带着米兜，我们就选择住在长白山国际度假区，总的来说十分满意。

美食： 到了长白山不能不品尝朝鲜族特色美食，如冷面、拌饭、烤肉、辣白菜、米肠、打糕等。另外，像山野菜和灶台菜这种东北风味的农家菜，也值得品尝。要品尝美食，首选二道白河镇，这里遍布朝鲜族菜馆和东北菜馆；另外，西坡的松江河镇也有不少东北菜餐馆。米兜爸爸很喜欢吃东北菜，但是我和米兜并不是太喜欢，不过朝鲜族的打糕还是非常吸引孩子的。

购物：长白山除了出产人参，还有野生蓝靛果干、蓝莓干、松子、榛果、灵芝和木耳等特产。人参对人体很有益处，但是如果对人参一窍不通，购买的时候还要谨慎。购买这些特产可以到二道白河镇、松江河镇、长白县城，这些地方都有很多特产店。米兜喜欢蓝莓干，我喜欢拿木耳做菜，所以适量购买了一些带回家。

注意事项：夏季到长白山旅游也要准备长衣长裤，因为山上气温比较低，风比较大，要及时增加衣服，避免感冒。一定要携带雨具，但是不能带雨伞，因为在高山地区容易遭遇雷击危险，带一件轻薄的雨衣即可。带着孩子进山，准备一些方便食品，父母最好轻装简从，便于登山和照顾孩子。

汉字好好玩（台北）

米兜喜欢的宫崎骏的《龙猫》就是台湾翻译的，小主人公说的台湾普通话真是又嗲又甜，回答谢谢用"不会"，表达特别用"比较"，让米兜非常着迷。所以当我说抽时间去台湾旅行时，米兜那高兴劲儿就别提了。

我们选择6月赴台，办理赴台证虽然费了一些周折，但我们还是顺利搭上飞往台北的飞机。

一到达桃园机场，米兜就像发现新大陆一样，指着各种指示牌说："妈妈，这里的汉字跟我们学得不一样哟。"

我解释说："这是繁体字。大陆为了书写方便推行简体字，所以我们学得都是简体字，而台湾一直沿用着繁体字。"

"那台湾的小朋友从小就学写繁体字咯？"

"当然啦！"

米兜立即惊讶地对台湾的小朋友表示同情："他们太可怜了，这个太难写了。"

"是我们太幸福了。怎么样？敢不敢挑战一下，在旅行过程学学繁体字？"

我觉得繁体字是传统文化的一部分，很多繁体字一看字形就知道其中蕴藏着很多深刻的含义。米兜从小没有接触过繁体字，这次来台湾倒是一

个机会，让她学一些繁体字。

　　没想到米兜答应得很爽快："好啊！妈妈监督我。"

　　晚上入住酒店，米兜把房间内全部有文字的地方尝试读了一遍，连蒙带猜读个差不多，实在不懂的就和我商量，还认认真真地写在本子上。

　　她一边写一边感慨："唉！台湾的小朋友太可怜了，这些字笔画那么多。"

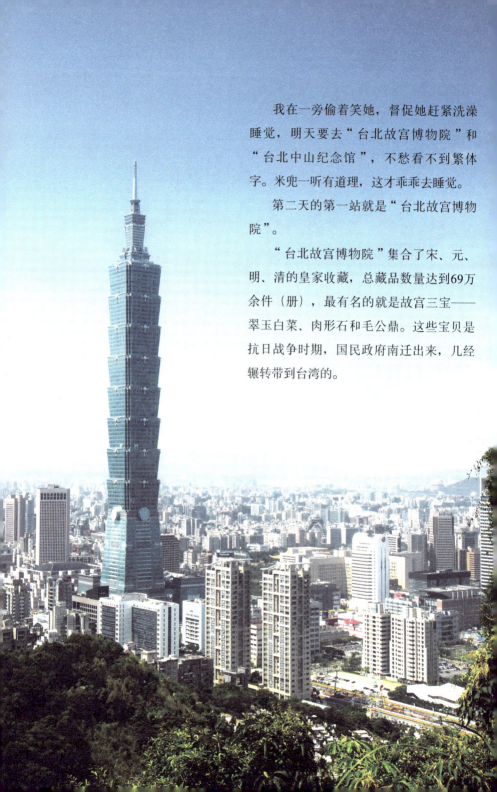

　　我在一旁偷着笑她，督促她赶紧洗澡睡觉，明天要去"台北故宫博物院"和"台北中山纪念馆"，不愁看不到繁体字。米兜一听有道理，这才乖乖去睡觉。

　　第二天的第一站就是"台北故宫博物院"。

　　"台北故宫博物院"集合了宋、元、明、清的皇家收藏，总藏品数量达到69万余件（册），最有名的就是故宫三宝——翠玉白菜、肉形石和毛公鼎。这些宝贝是抗日战争时期，国民政府南迁出来，几经辗转带到台湾的。

因为这里的文物集中华文物之大成，各国游客都慕名而来，人非常多。

我们在门口租借了语音导览设备，与其他游客拼团找了一个导游。导游非常漂亮，说的就是台湾腔的普通话，跟偶像剧里的一样，让米兜感到很惊喜，"姐姐，姐姐"地在后边跟着，不停地问问题。

我悄悄地对米兜说："看到不认识的字就问导游姐姐，她肯定认识！"

"对，好主意，妈妈真聪明！"

每一个馆门口都有很多免费的文物介绍材料，印刷十分精美，参观完了还可以在上面盖章。这不是最好的语言学习资料吗？一边听导游讲解，一边欣赏实物，一边阅读文字材料，学习效果肯定非常好！

我把我的想法告诉米兜，米兜也非常赞同，我们每到一地，便取一份文字材料。

米兜对照文字材料，耐心听导游姐姐讲解。翠玉白菜的寓意、"红烧肉"的各种细节、毛公鼎的历史，导游姐姐娓娓道来，非常有趣。稍有空闲，米兜就凑上去请教导游姐姐："姐姐，这个字怎么读？""姐姐，这个词什么意思呀？"

上午参观完，米兜与导游姐姐依依不舍地道别。

导游对我说："我接待过很多大陆游客，也有很多小朋友，没有见过一个像米兜这么好学的。"

我也感到很自豪，说："谢谢你不厌其烦地为她解释。"

米兜在旁边忍不住说："姐姐普通话真好听，人也很漂亮。"

"甜言蜜语"当然逗得导游姐姐很开心，她惊讶地说："我一直觉得你们的普通话很好，还担心自己说得不标准。"

我解释说："米兜就是对繁体字和台湾普通话感兴趣，觉得很好玩。"

导游真诚地说："那在台湾好好玩！预祝你们玩得愉快。"

下午我们去了士林官邸，晚上到士林夜市吃晚餐。

这里是学习繁体字的另一片天地——琳琅满目的招牌，各种美食介绍，米兜根据自己的经验大体上能猜出很多汉字。

我们一边走一边逛，认真地读招牌上的字。米兜还认真地在小本上记着，"观光"的"观"，"大鸡排"的"鸡"，"苹果"的"苹"，"胡椒饼"的"饼"……

　　后来，我们选了一家人气很旺的"台湾牛肉面"吃牛肉面，边吃边聊看到的繁体字。

　　"米兜，你看出繁体字和简体字的区别吗？"

　　"一个笔画多，一个笔画少。"

　　"说得太简单了吧，再想想，有没有别的。"

　　米兜不吭声，似乎在思索。

　　我提醒她说："米兜，我举个例子，你看，'牛肉面'的'面'，带着'麦'字，说明面是麦子做的。"

"哦，是呀！妈妈太厉害了。"

"繁体字虽然笔画多，但是含义更丰富，说明古人造字时是经过思考的。你再仔细看看，举几个例子给我讲。"

米兜东看看，西瞅瞅，又拿自己的小本子仔细观察。然后恍然大悟地说："'养生'的'养'带着'食'，说明'养生'要吃东西；'饼'字也带个'食'，说明饼是食物，是要吃的！"

"哈，米兜真棒！这样学下去，肯定能记住不少繁体字。"

也许米兜暂时在学习中接触不到繁体字，但我并不觉得学习繁体字没有用，也许这可以为米兜打开一扇了解传统和历史的窗户，所以我很乐意帮助她、引导她。

离开台北后，我们又去了宜兰和高雄，一路上米兜都是走走记记，把

自己认识的而且能写下来的繁体字都记到本子上，还说一定要带给爸爸看，还要给同学看，让他们知道汉字的另外一种形式。

　　我本来以为她是一时热情，没有想到她的学习热情那么高涨，这让我感到很欣慰。

　　这次台湾行收获非常大，米兜认识了很多繁体字，并从这些繁体字中了解了一些造字知识，繁体字也为她打开了一扇小小的窗户。通过这扇窗户，也许她会看到很多有益的东西。

最佳旅行时间：台北全年都比较温暖，一年四季都适宜旅行，最好的季节为春季和秋季，天气较好，空气清新，舒适宜人。每年的7月台北的台风最为频繁，来台北旅游最好错开这一时段。

推荐景点：台北自然风光秀丽，人文历史景点丰富，富有大都市气息，可去的景点很多。第一个要去的地方是"台北故宫博物院"，在这里能看到很多北京故宫没有的珍品；地标性建筑101大厦代表了台北的形象，也是很多偶像剧的取景地，值得一游；喜好美食的游客千万不要错过台北的夜市，晚上到夜市品尝小吃，也是很多游客的重要行程；时间充足可以到台北周边的景区，感受大自然的洗礼。

交通：台北的公共交通很发达，去比较远的景点可以结合捷运和公交前往，基本在捷运站附近都会有便利的公交去往各处景点。在市区范围内公交单程车票为15元台币左右，都是自动投币。到台北以后办理一张悠游卡比较方便，可在捷运、公交、台铁、高铁、客运、自行车、医院、观光景点、图书馆、部分特约商店用。台北出租车为黄色外观，起步价为70元新台币/1.25公里，之后每250米加收5元，比较正规，可付现金或悠游卡刷卡，电话预订车辆或是携带大件行李要加收10台币服务费。

住宿：台北从一般的民宿到高级酒店档次齐全，汽车旅馆（Motel）也随处可见。到台北旅行最好选择在捷运周边入住，蓝线最佳，这里交通发达，毗邻各大夜市，出行、就餐都非常方便。

美食：台北汇集了全球各地的美食，来这里，中餐、西餐、日本料理、东南亚美食都能品尝到，但是最吸引人的是台湾夜市小吃。想要品尝小吃，可以到士林夜市和台大夜市，台式火锅、台式卤肉饭、台北牛肉面、台式奶茶都值得品尝，更有一些精致甜点让小朋友十分喜爱。

米兜一到夜市就非常兴奋，品尝了红豆饼，水果冰沙等甜点，就吃撑了。

购物： 来到台北，可以购买一些凤梨酥、牛轧糖等美味零食点心带回家，与亲朋好友分享，爱美的妈妈还可以购买一些台湾本土的化妆品，比如网上很热的美丽心情面膜。台北的主要购物场所集中在三个街区：以台北101大楼为地标的信义商圈，以敦化南路忠孝东路口为中心点的忠孝商圈，西门町商圈。利用空闲时间来这里逛逛，你肯定不会空手而回。如果到贴有退税标志TRS的商店购物，同一天在同一商店购物满3 000元以上，可要求商场开具"退税明细申请表"，可以到指定的机场银行柜台领取退税款。

注意事项： 在台湾，大部分旅游景点、旅游服务中心、火车站、捷运站、特色店铺，都有盖纪念章的地方，所以行前提醒孩子带一个自己喜欢的本子，每到一个地方就盖上一个章，非常有纪念意义，也能给孩子带来旅游的乐趣。

迪士尼！我终于来了！（香港）

DISHINIWOZHONGYULAILE（XIANGGANG）

　　去香港旅游，不是为了购物，最大的目的就是带米兜去迪士尼乐园——没有孩子能抵挡迪士尼的魅力。

　　自从看了邻居家小朋友在迪士尼拍的照片后，米兜就有了一个小小的梦想——去迪士尼乐园，和自己喜欢的卡通人物来一次亲密接触。

　　十一长假，我决定圆米兜这个梦想，去香港旅行。

　　一到香港，狭窄的房间、复杂的巴士线让我们很沮丧，但是一想到第二天的迪士尼之行，还是非常兴奋。早上起个大早，早早去排队。

　　香港迪士尼乐园分为七大主题园区，分别是美国小镇大街、幻想世界、明日世界、探险世界、反斗奇兵大本营、灰熊山谷、迷离庄园，代表不同年代不同时空的迪士尼体验。一踏进迪士尼乐园我们就产生了一种错觉——我们真的来到了童话世界，童话故事的人物、情节一一呈现在眼前。

　　米兜兴奋极了，一进门就拍了很多照片，我提醒她要早早进去，不然很多热门项目都要排很长的队，这才作罢。

　　因为网友推荐，我们首先来到飞越太空山，这是室内过山车，因为有星空布景，和坐一般的过山车是完全不同的体验。

　　真是热门项目，一看吓了一跳，队伍已经有四五十米长了，大概要排半个小时。

　　"米兜，我们还是晚了一步，还是老老实实地排队吧！"

　　米兜平时最讨厌排队，但是谁让迪士尼乐园这么受欢迎呢，又是假期，人肯定超级多。

　　为了打发排队的时间，我们就拿手机自拍。

　　大概半个小时后轮到我们了，感觉等待半个小时的时间也非常值得，因为这个项目太刺激了，玩的时候里面的设备会拍下游客的各种表情，我和米兜的表情都非常夸张。

　　接下来我们连着去了两个地方，人都非常多，都要排很长时间的队。而第一次没有用到快速通行卡预约，接下来几个项目又不在预约范围之内，搞得很扫兴，只好放弃。

　　时间就在来回逛的时候浪费掉了，米兜变得很急躁。

　　后来我们来到幸会史迪仔这里，排队的人比前几次还要多。

　　米兜失望地说："还得排队呀……"

　　"没办法呀，小朋友都喜欢迪士尼，要想玩就要排队。"

米兜很不乐意，满脸的不高兴。

"怎么样？这个很好玩，我们去排队吧！"

米兜发脾气说："为什么总是排队？进来这么长时间了才玩了一个项目！"说完就登登跑到一边去了。

我也被排队弄得晕头转向，对发脾气的米兜也火大："米兜，这样可不对。排队妈妈也没有办法，乱发脾气有什么用呢？"

米兜说："反正我不玩了，我又累又饿。"

她快步往前走，我在后面拉住她："不然我们先去预约一个项目，预约了再去吃饭。"

米兜噘着嘴，没有回答，默默地跟着我。

我们去了小熊维尼历险之旅那拿了FP卡，预约的时间是14:00，然后去吃午餐。

吃了一点东西，米兜的情绪缓和了很多，我决心跟她谈谈她的脾气。

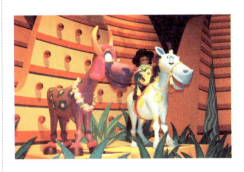

"米兜，你已经跟妈妈去很多地方旅行过了，而且也遇到过很多特殊情况，但是在很多情况下，发脾气是没有用的，这个你明白吧？"

"我明白，但是有时我无法控制自己的情绪。"

"做情绪的主人，懂吗？"我一个字一个字地强调。

"但是，妈妈，我不懂怎么管理情绪，一遇到这种情况，我就觉得很生气。"

"你可以这样想"，我语重心长地说，"有时候外部环境是无法改变的，但是你可以去改变你的心境——就像今天这样，人家已经排队了，我们没有办法改变，但是我们可以改变自己的做事方法，改变自己的心境呀，因为发脾气也没有半点用处，要玩还得排队呀！"

米兜说："妈妈，那你记得提醒我，让我把生气的小火苗熄掉。"

"那下午就看你的表现了。"

吃完午饭，我们发现预约时间还早，就去看米奇金奖音乐剧。排队的人还是超级多，米兜没有发脾气，但是很担心耽误了预约的项目。但是时间一到，人们很快都进去了，因为剧场很大，可以容纳很多人。

表演非常精彩，剧场里笑声此起彼伏。

我悄悄对米兜说："其实排队并不可怕，乱挤才可怕呢，只要安心排队肯定能看到精彩的节目。"

米兜给了我一个胜利的手势。

表演结束后，我们就去小熊维尼历险之旅，第一次不用排队从另外一个通道直接进入，坐在蜜罐里体验了一趟童话之旅，感觉好极了。

接下来，我们又去了旋转木马、疯帽子旋转杯、森林河流之旅、睡公主城堡……大部分项目都需要排队，又无法预约。

在我的提醒下，米兜没有发脾气，一看长长的队伍，米兜吐吐舌头，然后根据各种表演的时间表，和我商量要不要排队，不排队下一个项目去玩什么。

我告诫米兜："一旦决定排队，就不要半途而废，也不能因为项目不

好玩就抱怨。”

米兜说：“妈妈，放心吧，我会努力管理好自己的情绪的。”

不再犹犹豫豫，效率一下子高了很多，一个下午玩了不少项目，米兜也兑现了自己承诺，没有乱发脾气，也不会乱抱怨。

到了晚上8点，我们看了精彩的闭园焰火，然后慢慢逛美国小镇大街，用相机拍迪士尼夜景。

我问米兜：“今天玩得开心吗？”

米兜说：“很好玩，很开心！”

“但是如果下午也像上午一样，你自己跑一边生气去了，肯定玩得不尽兴。”

米兜有一些不好意思，说："我感觉不到，其实有时自己很讨厌，不仔细思考，就乱发脾气，解决不了任何问题。"

　　我鼓励她说："知道错了，就积极改正，别忘了妈妈说的话，要——"

　　"管理自己的情绪。"米兜回答。

　　"下午表现不错，但还要继续努力！"

　　米兜认真地点了点头。

　　看着车窗外璀璨的夜景，我心想，情绪管理对成年人来说也是一项大课程，其实自己都没有修好，既然给米兜提出了这样的要求，看来我也要努力了。

自助旅行家手册

最佳旅行时间：香港的最佳旅游时间是秋冬季节，秋季气候凉爽，风和日丽，十分惬意；而香港的冬季也不太冷，穿薄毛衣、大衣即可，而且这时各种品牌都在进行年末打折活动，是购物的好时机。

推荐景点：香港最著名的景点就是迪士尼乐园了，如果带孩子来香港，一定要过去体验一下；到了晚上，维多利亚港的夜景非常美丽，灯光璀璨夺目，是"世界三大夜景"之一。另外，还可以去杜莎夫人蜡像馆、尖沙咀逛逛，品尝美食，体验香港的城市风情。

交通：香港交通非常发达，轨道交通有10条线路，时间从早6点左右到凌晨结束，每隔一分多钟就有一趟车，单次乘车者可在投币售卡机购买一次使用磁卡，也可以购买八达通卡。对于喜欢怀旧的游客来说，有轨电车也是一个很好的出行选择，电车行走的速度较慢，但车费便宜，还可以在港岛闹市上行走，可仔细欣赏四周的景物和行人。在香港，巴士是非常方便的交通工具，几乎可到达香港的任何地方，但线路太过复杂，因此初到香港旅游的人还是建议以港铁作为主要交通工具。

住宿：香港有世界知名的顶级酒店、国际连锁集团经营的酒店，也有香港当地的酒店、宾馆，还有经济的青年旅舍，你可以根据自己的要求、预算自由选择。大部分酒店位于香港岛和九龙半岛的市区。与内地酒店比起来，香港酒店的房间比较小，价格也比较贵，要有心理准备。

米兜一看到我们预定的房间，就说："房间好小！"没办法，香港寸土寸金，房间都是这样的。

美食：香港是美食天堂，有"亚洲美食之都"之称，汇聚了全球各地的美食。但是来到香港，一定要品尝传统的港式餐点和遍布大街小巷中的特色小吃和甜品，比如港式叉烧、丝袜奶茶、云吞面、菠萝包、虾饺、煲仔饭等。杨枝

甘露、煲仔饭都是米兜平时最爱吃的，到了香港自然不会错过品尝的机会。

购物：到了香港，名牌化妆品、前沿电子产品、奢侈品都是游客的购物目标，而香港传统点心、海鲜干货也深受游客喜爱。香港购物区大致分为"香港岛"和"九龙"两个地段。九龙以地铁线上的尖沙咀、佐敦、油麻地、旺角4站所在街区为重点。香港岛以地铁线上的中环、北角、金钟、铜锣湾4站所在街区为重点。

注意事项：迪士尼乐园不允许自带食物，每人可自带一瓶饮用水，所以不要在包里带食物和饮料，乐园入口处保安会要求开包检查。迪士尼乐园提供快速通行卡（FastPass）服务，可以提前预约明日世界的巴斯光年星际历险、飞越太空山、幻想世界的小熊维尼历险之旅等热门旅游项目，到时就可以免去排队的困扰了。但每张门票只有3次FP预约权利，而且使用了1次后要过20分钟才能使用下一次FP预约。所以入场后可先去通道旁的资讯架拿取当天的乐园时间表和地图，了解各个表演和设施的开放时间及位置。